Le Film

Cynthia Sardou

Le Film

roman

Ramsay

Le Film

Première édition

Les situations et personnages de cette histoire sont purement imaginaires. Toute ressemblance avec des personnes existantes ou ayant existé est purement et totalement fictive. Enfin, toute ressemblance avec des personnes réelles ou fictives est pure coïncidence.

À la mémoire de
Laurent Elliot

La liberté, ce n'est pas de pouvoir ce que l'on veut,
mais de vouloir ce que l'on peut.

Jean-Paul Sartre

Prologue

Rien ne prédisait qu'un drame se projetait ce soir-là.

À une heure bien avancée de la soirée où il fait déjà bien noir, depuis l'extérieur d'une demeure située au cœur de la capitale britannique un détective privé a les yeux rivés vers une maison. Il y aperçoit un autre homme assis sur un sofa de couleur ocre. Le tout dans un décor dont l'ambiance est censée être chaleureuse. Or, à cet instant, un homme dont l'arme à feu est cachée derrière les coussins souhaite commettre un meurtre.

Le témoin de cette scène, le détective, était là pour protéger sa cliente qui l'avait engagé depuis plusieurs semaines pour être certaine et avoir des preuves photographiques des escapades sensuelles de son mari. Témoin aussi des maltraitances psychologiques et verbales subies par sa cliente. Celle-ci est orpheline, puis a été adoptée durant sa plus tendre enfance par une famille d'accueil. La jeune trentenaire, belle brune aux longs cheveux bouclés, élancée, nez rond, et visage carré, elle est toutefois une femme vulnérable, fragile, devenue agente littéraire dans une société spécialisée, et mère de deux enfants en bas âge.

Ces derniers temps, elle fuyait son domicile le plus souvent possible et passait les trois quarts de son temps au travail pour éviter les disputes avec son mari. Un homme qui l'ignorait et la maltraitait depuis des années malgré sa fragilité et ses crises d'anxiété.

Celui-ci, un homme d'affaires la quarantaine passée, était considéré ou presque, comme un homme fiable, sympathique, chaleureux en public, un homme qui aime aussi beaucoup les femmes, voire trop. Un être charismatique, agréable physiquement et moralement, ayant sur le regard d'autrui de belles valeurs et une malicieuse candeur. Cependant trompeur, forcené, maniaque au moindre détail et enfin, très colérique envers sa compagne depuis des ans.

Elle avait prévu d'annoncer son divorce à la suite de ses dernières découvertes, devenue sûre d'elle et fière de cette décision, sans appel.

Le détective, et témoin oculaire promettait la sécurité de sa cliente depuis des semaines déjà. Celui-ci avait même un faible pour elle et prévoyait de la protéger jusqu'à la fin de son mandat qui pour l'heure était illimité. Il lui manquait toutefois d'autres éléments et de preuves tant que le mari de sa cliente effectuait toutes ses escapades avec beaucoup de discrétion. Selon le détective, l'époux était très rusé, et très intelligent dans sa façon de procéder, voire habile.

Ce dernier a décelé que l'homme en question, passait les plus clairs obscurs de son temps dans des maisons closes. Le proxénétisme n'était pas loin, mais tout ceci restait encore à prouver...

Cet homme avait donc prévu, dans l'idée d'en finir avec sa femme, de la tuer et de partir le soir même vers l'inconnu...

Plus tôt, il avait pris dans le tiroir de son bureau un révolver manœuvré en mode silencieux. En deux trois mouvements les mains gantées, il avait soigneusement caché l'arme derrière les fameux coussins ocres, dans le but de la surprendre à un moment précis.

Il imaginait aussi le scénario et souhaitait maquiller ce crime en suicide. Pourquoi ? Parce que sa femme avait de nombreux problèmes d'anxiété et prenait un traitement antidépresseur depuis le départ de ses parents adoptifs. Celle-ci avait des comportements parfois paranoïaques, ce qui l'arrangeait bien évidemment dans ses intentions de mettre fin à son existence.

De nombreux conflits dans le couple avaient lieu depuis quelques années.

Ayant ce projet en tête depuis quelques semaines, il avait choisi ce soir-là pour passer à l'acte. Le temps et l'absence de sa femme durant la journée, et de ses enfants pour la nuit, lui avaient permis de mettre en place toute cette mise en scène. Il attendait à présent son retour...

Deux heures plus tard, elle déboucha et déboula depuis la porte d'entrée de la maison arrivant en compagnie du frère de son mari.

Dès leur arrivée tardive dans le salon, Catherine et son beau-frère furent tous sourires. Peter quant à lui resta décontenancé. Il répliqua d'un ton rageur.

— Où étiez-vous passés ?

— Nous sommes allés déposer les enfants chez tes parents, car demain sera une longue journée. Et par la même occasion, je t'annonce que je te demande le divorce sur-le-champ, répondit-elle, avec assurance.

— Sors de cette maison, tu n'as rien à faire ici, dit-il à son frère.

— Mais…

— Sors, te dis-je ! Lance le mari colérique.

L'homme prit sa veste, et sortit de la pièce illico, en claquant la porte sans se douter du projet de son frère.

Le détective toujours près de la maison et témoin de la scène, vit dans la foulée le frère sortir et présuma une autre dispute.

Il s'approcha encore plus pour prendre des photos, contourna la maison pour atteindre une autre fenêtre située près de la porte d'entrée au cas où il arriverait quelque chose à sa chère cliente.

Il restait sur ses gardes pour le moment. Seul le cri de la victime pourrait le faire agir, mais pas avant.

Le couple se disputait. Les deux personnages firent des va-et-vient au milieu de la pièce du salon, proche du canapé là, où se tenait l'arme. La femme ne connaissait pas l'existence de cette arme et ne pressentait rien de grave. Et pourtant…

— Qu'est-ce que c'est que cette comédie ? lui lanca-t-il encore.

— C'est terminé. Je vais demander le divorce mon cher pour les nombreuses insultes et mensonges depuis des mois. Je ne te supporte plus et ne supporterai plus cette situation à partir de ce soir. Assez, c'est assez ! dit-elle. Tu me dégoûtes ! J'ai toutes les preuves dont j'ai besoin maintenant.

Elle, qui parla et pleura avec émotion, pensa en effet contrôler la situation qui était en train de se produire. Il n'en fut rien. Elle avait des preuves, dont des photos de son mari avec d'autres femmes, de ces excentricités effectuées la nuit dans des lieux sombres nommés maisons closes. Elle se sentait forte et s'en irait le soir même ou le lendemain à l'aube, mais ne pensait pas une seconde être la cible de cet homme.

Puis, le silence fut bien présent dans la pièce, et la malice machiavélique de l'homme monta.

Il réfléchit vite, très vite.

Celui-ci changea de personnalité en une fraction de seconde. Du regard fourbe et malicieux, il afficha celui de l'empathie à l'égard de sa femme, tel un psychopathe le serait. Il restait calme et silencieux. Plus calme encore qu'à son habitude.

— Pourquoi es-tu si calme tout à coup ? Qui ne répond pas consent, déclara-t-elle. Es-tu devenu muet à mon insu ? Toi qui m'insultes sans cesse depuis des mois, des années, toi qui m'éloignes de ma famille et de mes amis, ou de ce qu'il en reste depuis la douleur d'être orpheline, et ce depuis la perte de mes deux parents.

— Tu me fais suivre maintenant ma chérie ? répondit-il moqueur. Tu sais bien que je t'aime ma chérie. Je ne te veux aucun mal. Je ne comprends pas ce que tu me racontes. De quoi parles-tu ?

Puis il poursuivit d'une voix douce :

— Mais pourquoi t'énerves-tu ? Tes crises d'anxiété, tes angoisses ne sont pas justifiées ma chérie. Allez, viens. Tu as gagné. On ne va pas se fâcher pour autant. Nous pouvons essayer de négocier ce divorce à l'amiable sans nous disputer si c'est vraiment ce que tu veux. Qu'en penses-tu ? Et nous partagerons la garde des enfants. Nous demeurerons séparés et loin l'un de l'autre, après ce divorce, pour le bien-être de tous.

Elle fut tout à coup désorientée par l'évidence de cette prochaine séparation.

Peter, lui visait la tactique de la suite des événements. Il se préparait mentalement à sa cible à présent. Il pensait à son arme derrière les coussins du divan. Elle, trop naïve, peut-être à cause de sa dernière attitude à son égard, crut en la bonne foi de son époux concernant la garde des enfants, pensant aussi au détective embauché quelques semaines auparavant et aux preuves qu'elle donnerait à son avocat. Elle regarda discrètement si elle pouvait apercevoir cet homme par la fenêtre, une silhouette qu'elle ne vit pas. Diane perdit à nouveau sa confiance en elle…

Lui, prit parti instantanément de l'égarement de sa victime, s'asseyant sur le bord du sofa, enfonça d'un seul coup sa main droite d'un geste rapide au cœur des coussins ocre. Il récupéra le révolver, puis visa sa femme à bout portant.

Le silence régna, puis l'instant suivant elle se retourna, sursauta, effrayée et tétanisée, et personne ne l'entendit, encore moins le supposé témoin de cette scène.

— Ne bouge pas, sale traînée ! Et ferme là, sinon, je tire dessus. J'attends cet instant depuis longtemps. Je te tiens maintenant.

Il s'approcha de sa victime, l'agrippa par le côté, puis plaça son bras autour de son cou, la tirant vers l'arrière. Il mit sa main devant sa bouche, posant dans la foulée le révolver sur sa tempe. L'épouse menacée tenta de se retourner et de se débattre en poussant le cri du désespoir. Un cri qu'entendit cette fois le détective qui se trouvait derrière la porte. Ce dernier cogna fortement l'issue de cette entrée.

Il finit par défoncer la porte. Le forcené ne s'attendait pas à la venue brutale de cet inconnu.

Le témoin de cette action irrévocable vit le coup de l'arme silencieuse partir sur la tempe de la victime…

Recevant le coup à bout portant, celle-ci s'affaissa au sol, sans vie…

— Coupez ! fit le réalisateur satisfait de la dernière scène de son film…

Malibu, Californie

Six mois plus tard...

Malibu est située tout près de Los Angeles, la cité des anges. Cette fameuse enseigne Hollywood perchée au sommet, surplombe toujours le quartier du même nom depuis de longues décennies. Le ciel est dégagé et ensoleillé dans les coins de rue situés près de la mer de Malibu où les avenues se profilent depuis Pacifique Palissade.

Une maison blanche bâtie en haut d'une petite colline domine les habitations. Un jardin avec une pelouse fraichement tondue s'exposait, face à la mer, à une vue panoramique parfaite sur la cité balnéaire convoitée pour ses belles plages de sable fin.

Ce matin de décembre, le téléphone retentit à 7 h du matin. Les yeux de Louise, une jeune actrice, s'ouvrirent avec difficulté. Elle avait peine à se réveiller après une nuit écourtée par la longue soirée de la veille. La sonnerie résonna de plus belle, et depuis son lit elle décrocha enfin le combiné.

D'une voix endormie, elle répondit :

— Allo ?

— Bonjour, Louise. C'est Kevin, ton agent.

— Bonjour, Kevin. Que se passe-t-il ? Quelque chose est arrivé ? dit-elle en baillant et stupéfaite de l'autre côté de l'appareil.

— Oui. La grande nouvelle du jour, et tiens-toi bien réveillée ! Tu es en nomination pour les honneurs aux Oscars !

— Oh mon Dieu ! C'est donc, mais... C'est incroyable !! crie-t-elle, en mettant la main devant sa bouche béate.

— Oui Louise. C'est en effet incroyable, mais vrai et ce n'est pas tout. Le producteur du film Garry Calen vient de m'en avertir. D'autres nominations pour ton film *Secret dans la nuit* sont à prévoir pour le reste de l'équipe.

— Mais c'est un exploit, une sacrée surprise, dit-elle.

— Oui, un record Louise, m'a-t-on dit. Ils vont assurément retravailler avec toi les prochains mois. Exceptionnel, non ?

— Ouah ! C'est dingue ! J'ai encore du mal à y croire.

Louise sauta de son lit pour exprimer sa joie en même temps qu'elle parlait à Kevin, puis renversa dans la foulée son verre d'eau disposé juste à côté du téléphone et de son lit

Elle s'esclaffa.

— Mon Dieu Kevin, dit-elle, au bout du fil, je suis tellement heureuse, c'est la plus belle journée de ma vie ! Et tellement honorée de la surprise et d'un soi-disant record. Mais dis-moi, comment se peut-il que je sois nommée si vite ?

Sans attendre la réponse de son agent, elle poursuivit :

— Je dois prévenir au plus vite mes parents. Mes amis, mes... mes.... Quand as-tu appris la nouvelle ?

— La nouvelle vient de tomber depuis une demi-heure à peine. Allume ta télévision, les résultats suscitent l'intérêt à New York sur CNN et le journal passe en boucle tous les quarts d'heure.

— Merci, dit-elle d'un ton joyeux et reconnaissant.

— Je le pressentais, Louise, mais je ne te disais rien pour ne pas te faire croire des choses, au cas où tu ne serais pas nommée. Ton premier rôle a été une période difficile pour toi, je le sais bien. Et puis tu as épaté tout le monde, les débats à ton sujet sont excellents. La récompense est déjà là ! Et je fais ici référence aux critiques du film. Une acclamation à ces honneurs t'aidera à aller beaucoup plus loin encore dans ta carrière. Et je te le dis, c'est une certitude.

Il enchaîna d'un ton narquois.

— Écoute ma jolie, prends le temps de te réveiller, même si cette annonce l'a déjà fait. Je passerai te voir chez toi en fin de journée, pour te féliciter. Ensuite, nous discuterons de la préparation des jours à venir, car il faudra agir vite.

— Comme quoi par exemple, Kevin ?

— Te trouver une robe, organiser les futurs articles de presse pour les magazines *People* féminins et préparer tes prochaines déclarations. À mon avis Louise, ton quotidien va être chatoyant, mais assurément chargé. Attends-toi à des chamboulements de part et d'autre de la part des critiques médiatiques, il y en aura de partout dans le monde avant la cérémonie. Prépare-toi à cette nouvelle chance, à ta nouvelle vie, Louise.

— Très bien, je raccroche, j'appelle mes proches, on se reparle plus tard dans la journée. Merci pour tout Kevin, de cette annonce-surprise, de ton soutien et de croire en moi, dit-elle tout à fait réveillée, le sourire jusqu'aux oreilles.

Une fois le combiné raccroché, Louise cria haut et fort :

— Cette fois ça y est ! Je suis nommée !!

Elle chantonna sur ces mots, du bout de son lit, où sa victoire la rendait de plus en plus heureuse.

Un coup d'éclat dans sa jeune vie, si prometteuse...

Louise Godwin s'était investie depuis longtemps afin de parvenir à un objectif tel que celui-là. La jeune actrice vivait intensément cette première victoire. Celle d'avoir espéré de réussir la poursuite de son rêve et celui de sa propre lignée familiale. Tout cela avait aussi un prix et pas uniquement celui d'une nomination. Mais celui d'un long travail acharné.

Étant d'une beauté classique à la fois d'un regard intelligent, d'une gaieté contagieuse et coquine, Louise avait cette capacité d'avoir du talent dans tout ce qu'elle entreprenait. Une actrice qui savait jouer, danser, chanter, et faire la comédie sur demande.

Née d'un père journaliste économique au *Los Angeles Times* depuis plus de 20 ans, et d'une mère enseignante depuis presque trois décennies, Louise était une enfant unique qui avait grandi dans une famille juive, où de grandes valeurs, dont la réussite, lui avaient été enseignées et inculquées notamment par son père. Celui-là même qu'elle s'apprête à contacter sur le champ.

— Karl Godwin à l'appareil.

— Papa, c'est moi !

— Oui, ma chérie. Y a-t-il un problème, ou une annonce particulière ? révéla-t-il d'un ton si fier en attendant sa réponse.

— Oui je suis nommée aux Oscars, papa.

— Quelle incroyable et excellente surprise pour nous, ma grande ! Nous venons de voir les nouvelles à la télévision avec ta mère. Nous attendions justement ton retour, et ton appel. Nous sommes des plus heureux pour toi. Comment te sens-tu après une telle annonce, dis-moi ?

— Je suis époustouflée papa. Heureuse comme jamais. Tu te rends compte de cette victoire ?

— Je n'ai jamais douté de toi, ma chérie. Pas un seul instant. Ton travail paie et le prix de cette nomination en est un. Tu le mérites amplement, Louise. N'oublie jamais tout ce qu'on t'a appris. La solidarité, la persévérance, la rigueur, le tout dans la bonne humeur. Le jour où tu auras toi aussi tes enfants, je suis certain qu'ils seront comme toi, comme nous dans cette forteresse de sagesse et d'amour, comme nous te l'avons enseigné. Peu importe ce que les gens diront Louise !

Il poursuit :

— Reste concentrée sur ta vision à toi des choses, et sur ton avenir d'actrice. Pour le reste, nous serons là pour toi. Ne t'inquiète pas...

— Merci, papa. Tes mots me rassurent comme toujours. Je sais que je peux compter sur vous. Et pour insister sur tes mots, je n'ai pas honte d'être juive, bien au contraire...

— Je sais ma fille, mais le fait d'être juive fait de toi, ce que tu es aujourd'hui. Le peuple juif va rayonner aussi grâce à toi. Je suis tellement fier de toi ma chérie. Notre joie est aussi palpable que la tienne. Ta mère est près de moi, elle veut te dire quelques mots. Je t'embrasse bien fort. Je te la passe tout de suite.

— Maman ? Comment vas-tu ?

— Bien ma chérie. Et toi qui viens d'être nommée. Je suis heureuse et je t'aime de tout mon cœur. Je suis tellement fière de toi si tu savais. Tout ce qui se passe est merveilleux, ma Louise. Quand allons-nous te voir la prochaine fois ma fille ?

— Demain, venez donc chez moi si vous êtes disponibles. Pas aujourd'hui, car Kevin doit passer me voir en fin de journée pour la suite des prochains événements.

— Alors, nous serons chez toi demain soir, lui annonça Betty Godwin, sa mère.

— Nous t'embrassons affectueusement, conclut-elle si émue qu'elle eut peine à raccrocher.

Assise depuis le rebord de son lit, Louise était toute retournée par ce qui lui arrivait. Elle mit ses mains sur son visage rempli de larmes de joie. Les paroles dites par son père, les émois de sa mère.

À la suite de sa conversation bien matinale avec Kevin McGill visiblement consciencieux et de celle de ses parents, le pas élancé, Louise se dirigea vers le téléviseur, l'alluma, puis attendit le prochain quart d'heure, afin d'écouter les résultats des nominations de la prochaine cérémonie, depuis la chaîne CNN. Louise ressentit une émotion particulière, lorsqu'elle vit son nom s'afficher à l'antenne et son image apparaître, où l'on diffusa l'extrait de son dernier film. Elle savait qu'elle était sur le devant de la scène, tout comme les autres acteurs en nomination pour cette soirée à venir.

En fonction des pronostics du jour, le long métrage *Secret dans la nuit* pressentait un véritable succès. Cette histoire dramatique qui lui avait demandé énormément de concentration et d'exigence mettait en lumière son premier rôle.

L'extrait de la bande-annonce diffusée à la télévision exposait l'histoire d'une héroïne faisant la connaissance d'un britannique, dont elle tombe éperdument amoureuse dès le premier regard. Le coup de foudre ! Graduellement, l'homme devient violent psychologiquement avec sa conjointe. Des conflits verbaux éclatent entre eux. Et tout se termine sur une puissante image d'une femme renfermée sur elle-même et terrorisée...

Ce tournage avait été réalisé en cinq mois, sur deux plateaux différents. L'un dans des studios californiens et l'autre à Londres pour le final du film. Cette expérience qui avait été épuisante se rappelle-t-elle, ne l'amenait pas à croire à une quelconque nomination cette année. Et pourtant...

Entre-temps, Louise s'était préparé un café. Le tenant dans sa main, face à son écran de télévision, elle n'en revenait toujours pas de sa nomination. Comment est-ce possible ? Par quel moyen son talent avait-il pu autant émouvoir le jury ? Sans être réellement reconnue à Hollywood ? Est-ce que Kevin McGill y était pour quelque chose, ou était-ce vraiment le prix de son travail obstiné ?

Bien que Kevin McGill fût l'agent de Louise depuis peu, cet homme restait tout de même un mystère pour la jeune actrice fraîchement nommée...

Louise calculait de recevoir son appel, plus tard, et en attendant ce dernier, elle termina de regarder son écran de télévision et d'écouter la suite des commentaires du reportage diffusé, qui faisaient allusion à une séquence sur l'histoire de la statuette avec un retour en arrière des années précédentes...

Étant journaliste depuis longtemps, Karl Godwin avait été apte à lui fournir certaines informations sur les coulisses des Oscars, sur l'histoire du cinéma, ses triomphes, ses défaites aussi.

Louise se souvint alors des paroles de son père, où la tradition californienne, comme ils l'appellent au sein de *l'Academy of Motion Picture Arts and Sciences* répondait à chaque fois « *The Show Must Go On* », et ce depuis le début des années 2000, où les Oscars ont failli être annulés en fonction de la guerre en Irak. Karl avait par ailleurs mentionné les conséquences de cette éventuelle annulation qui auraient été dramatiques économiquement parlant.

La Californie étant le berceau du cinéma américain misait des sommes faramineuses sur cet événement grandiose. Et ce à chaque année. Karl exposait le pourquoi des conséquences lorsque le gouvernement républicain au pouvoir avait mis plus de cinq mille hommes et forces de l'ordre sur tout le boulevard hollywoodien par mesure de sécurité, tout en laissant les festivités se dérouler malgré tout et malgré les dernières ripostes à cette guerre…

George W. Bush, le président des États-Unis à l'époque, avait déclenché « ses actions militaires » en Irak, et dans ce contexte-ci, de nombreux manifestants avaient choisi la soirée des Oscars pour crier leur mécontentement contre cette guerre. *Shame on you* criaient-ils sur *Hollywood Boulevard* avec acharnement durant de longues heures. Des milliers de manifestants qui portaient et se ruaient sur les brancards.

Ce fut une période très sombre aux États-Unis…

Et puis, toujours grâce à son père, son héros, Louise savait et connaissait les nombreux films en compétition cette fameuse année en période de conflit. *Chicago, Les Heures, Gangs of New York* de Martin Scorcese, le documentaire *Bowling for Columbine de* Michael Moore, étaient tous très attendus. Le tout dans une ambiance de plomb. Les consignes avaient été bien strictes, avait mentionné Karl. Les remerciements sur scène n'avaient pas duré plus de quarante-cinq secondes, et les lauréats avaient eu l'interdiction de prononcer les noms de Bush et Hussein encore vivant à l'époque durant la cérémonie. Ce qui avait été respecté…

Son père, qui était aux premières loges, avait vu un réalisateur gagnant déclarer sa colère et son inquiétude sur la scène face à la violence des conflits irako-américains alors qu'il y était monté pour recevoir son trophée. Il n'avait pas caché ses positions qui divisaient l'opinion, ce qui lui vaudrait peut-être de figurer sur la Liste Noire dite la *Black List* du cinéma hollywoodien.

Quoi qu'il en soit, ce réalisateur a pris un risque, avant d'être hué par la foule dans la salle, et disposa de moins de temps que les autres pour s'exprimer devant l'auditoire.... Les Oscars devenaient alors une tribune pour défendre une cause d'ordre humanitaire, mais aussi peut-être politique...

À ce jour, d'autres débats furent soulevés sur CNN, mais, Kevin McGill interrompit net les pensées par un appel téléphonique pour annoncer à nouveau sa venue dans la soirée, comme cela était convenu.

Louise était impatiente de l'accueil que *l'Académie Award* lui réservait dans cette nomination et surtout ce que Kevin McGill avait à lui raconter.

Elle prit le temps de se préparer minutieusement et d'apprêter une jolie table avec quelques canapés pour l'occasion, afin de bien accueillir son agent.

La sonnette résonna dans l'entrée de la petite maison de Malibu où Louise était prête. Kevin McGill franchit le seuil de la porte avec son plus beau clin d'œil à l'égard de l'actrice, tenant un bouquet de roses rouges et blanches accompagnées de feuillage.

Kevin avait une apparence californienne soignée. Il était vêtu d'un pantalon gris et d'une chemise couleur rose, pour honorer Louise, sa protégée.

Il aimait évoquer ce terme dans le cadre de ses rencontres professionnelles. Pourquoi d'ailleurs ? Certainement parce que l'agent de la jeune actrice visait plus loin qu'une simple relation professionnelle. Sa première réaction fut de serrer Louise dans ses bras et de l'embrasser sur les deux joues affectueusement.

Louise était sa plus récente recrue. Il connaissait visiblement tous les rouages du métier ou presque selon ses dires, avait l'œil partout, était au courant de tout et connaissait un grand nombre de personnes dans le milieu cinématographique.

La quarantaine largement passée, prétentieux et à la fois perfectionniste, Kevin McGill souhaitait animer la carrière désirée pour la jeune actrice. Pourquoi ? Parce qu'il voulait s'occuper de Louise en tout et pour tout, en faisant de son mieux.

Louise était heureuse de le voir. Sa joie rayonnante était très apparente. Celle d'une jeune femme victorieuse, excitée aussi de connaitre la suite.

Louise

Sur le plan professionnel, Louise Godwin avait mis assurément tous ses efforts pour avoir une certaine reconnaissance du métier, bien qu'elle ne s'y attendait pas si tôt ! Tout autant que celui d'avoir espéré ce jour depuis longtemps. Un travail tenace qu'elle mettait dans tous ses personnages, dans tous ces films et téléfilms depuis plus d'une décennie...

Mais il y avait aussi des échecs dans ses exploits, et elle dut vivre les premiers à l'école, où jalousies et certaines vérités s'entremêlent parfois.

Les exploits au sein de son univers artistique et professionnel firent leurs apparitions dans l'école de *Actors Studio,* située à New York. Une référence où elle avait appris son métier depuis le début de cette aventure. À travers différents ateliers organisés dans cette enseigne, Louise avait appris, et dû puiser en elle-même à la recherchait de ses émotions, passant d'un état affectif rudimentaire jusqu'à ce qu'elle donne naissance à un jeu charnel, le tout basé sur des circonstances réelles. Cet établissement-là lui permit de débuter sa carrière dans de premiers rôles sur les planches avant de parfaire et de confirmer une décennie plus tard sa qualité de jeune espoir dans les magazines féminins. Telles que des photos en tant que mannequin pour des marques de cosmétiques dans des magazines féminins comme *Elle, Vogue* ou encore *Vanity Fair*....

Louise eut donc des jours meilleurs et des périodes plus fastes. Une actrice était née, au regard lumineux, au sourire contagieux et gaie, une actrice qui savait chanter et jouer les comédies les plus cocasses. Drôle ayant de la répartie dans les conversations, et tournant du drame à la blague...

Son premier rôle au petit écran était celui d'une enfant drôle vêtue singulièrement. C'était l'une de ces séries pour adolescents, diffusées sur une chaîne pour enfants où elle divertissait les téléspectateurs. Louise combattait sa charge de travail entre les activités extrascolaires et celles de son rôle sur le petit écran. Le cadre était situé dans une famille américaine presque idéale. Les répliques ne manquaient pas de faire rire les enfants comme les parents, complices du programme de la semaine.

Quelques années plus tard, vers l'âge de 18 ans, Louise portait cette fois l'uniforme d'une étudiante en médecine, sur une autre chaîne, pendant une durée de trois années consécutives. Compte tenu des audiences, Louise visait juste et plus haut chaque fois.

Afin d'éviter l'étiquette en matière de séries télévisuelles à vie, son premier agent Dani Livestor, lui conseilla de mettre un terme à son personnage de guérisseur pour enchaîner avec celui de Jane Austen qui jouait le propre rôle de l'un de ses romans notamment « Orgueil et Préjugés », telle une *Miss Anne Hathaway* l'avait fait aussi dans ses débuts. Alors certes, les rôles se jumelaient au fil des années, sur les différentes chaînes de télévision. Cela dit, fascinante aussi selon les critiques de son entourage, dans le rôle de cette écrivaine qui avait continué à composer des textes pratiquement jusqu'à la fin. Mais qui mourut bien jeune. Partie trop tôt, Jane Austen exprimait souvent l'espoir de son salut dans des chaos sentimentaux. Louise eut donc ce privilège, celui de l'interpréter dans un téléfilm, malgré le peu d'informations qui circulaient sur sa réelle personnalité.

Ce rôle avait fait commencer à faire parler de Louise. Elle avait même porté une perruque pour l'occasion, et des accoutrements de l'époque victorienne à l'anglaise d'où la fameuse et la plus célèbre de ses citations :

« *Pourquoi sommes-nous au monde, sinon pour amuser nos voisins et rire d'eux à notre tour ?* »

Durant cette période de sa vie Louise avait longuement murie. Cette autre réplique dans sa jeunesse, devenue une anecdote au fil du temps comme si elle était elle-même impliquée personnellement par le parcours chaotique de sa vie sentimentale. Car elle ne trouvait pas la bonne personne pour elle… Louise s'accrochait à ses rêves et à son travail, naïve mais toujours lumineuse, se forgeait une personnalité à travers ses rôles, tout simplement, pleine de doutes aussi, mais bienheureuse dans son art et sa vie personnelle.

Louise savait qu'il avait été dit que l'écrivaine relatait des situations qui pouvaient lui être attribuées, en s'inspirant de sa propre existence, bien sûr, mais surtout des observations qu'elle se faisait de la société de son époque. Finalement Louise en concluait que la vie et notre société n'avaient pas changé tant que cela...

Elle savait au fond, dans sa naïveté et surtout dans sa vie, qu'elle était plus à son travail qu'à ses amours. Le rôle de Jane Austen pour y revenir, bien que celui-ci aie été adapté à de nombreuses reprises, notamment au théâtre et au cinéma, Louise le jouait dans un humour décalé, changeante, comme elle savait le faire, en déambulant d'une grimace parfois grotesque telle que Jane Austen le narrait dans ses personnages fictifs.

Louise elle, le jouait dans le téléfilm si bien, que ce rôle l'ait vraiment et de près, révélée au grand jour....

* *
*

Dans un premier rôle au cinéma qu'on lui proposa, Louise Godwin fut une ballerine gracieuse, une vraie revanche sur une compétition scolaire raté à l'âge de 13 ans, qui savait danser et chanter cette fois-là... non sans travail acharné. Sa droiture et sa ténacité dans les chorégraphies des ballets lui avaient valu une petite nomination, sans remporter le Golden, mais déjà à cette période Louise avait les regards tournés vers elle. La ballerine a su séduire cette fois-ci.

Comme celles qui l'avaient marquée, telles que *West Side Story, Yes, Chicago, Moulin Rouge…* ou *Chantons sous la pluie,* la comédie, qui avait révélé l'actrice Debbie Reynolds au grand jour dans des aventures inoubliables de danse. Cette joie sur scène tel un enchantement inspiré par ces acteurs de grands talents et à cette époque charnière où l'on passait du film muet au film parlant.

Louise, elle jouait dans cette comédie sur le milieu du cinéma, où malgré elle, le rêve américain était mis en avant, comme s'il fallait y croire malgré les mœurs du milieu où c'était comme si la gent féminine prenait une place plus importante au fil du temps…

— Une époque avantageuse pour nous aussi, se dit-elle.

Louise avait eu depuis, plusieurs propositions encore plus importantes dans la durée de ses fonctions d'actrice.

* *
*

Dans sa vie amoureuse, célibataire depuis deux années, même si un acteur très gentleman lui avait demandé sa main un mois seulement après leurs premières relations ce dont Louise rêvait au plus profond de son être. Louise qui pensait à ce moment précis, devenir mère, vivre une vie à deux et composée d'amour pour durer l'éternité. Rien n'était arrivé comme elle le prévoyait, comme si elle vivait la plupart de ses rôles d'ailleurs. Visiblement rien, ou peu, était propice à l'amour durable, en tout cas pas pour le moment.

Après un an de vie commune, les liens étaient presque rompus, trouvant déjà le temps trop long avec elle, les fiançailles furent annulées…

Ainsi était la vie sentimentale de Louise, qui s'accordait peu de répit. Contrairement à ses amies, elle privilégiait son travail, ses passions pour la culture, sa famille, les tournages de films, parsemés de déplacements au bout du monde et de belles rencontres.

Sa plus proche amie était Olga, et avec elle, Louise pouvait se lâcher de temps à autre. Les voyages entre les deux amies étaient vivants et pleins de promesses. Le voyage qui lui avait procuré le plus de plaisir finalement ce fut l'Europe de ses racines…

La modestie de Louise étant sans artifice, elle tenait à garder sa place professionnelle en toutes circonstances ou presque dans la limite du possible en tout cas. Et parce que tout peut basculer du jour au lendemain !

Toutes ces participations dans des séries et spectacles de Broadway avaient fait de Louise une inconditionnelle des doubles performances où elle passait du personnage drôle, cocasse, émouvant au personnage dramatique presque instantanément. Et c'est dans cette période encore étudiante que Louise évoluait encore, mais de manière spectaculaire. Ce furent-là ses meilleures années au sein de rôle d'actrice.

Âgée de 23 ans seulement, elle avait toute la vie devant elle. Louise aimait son existence indépendante, resplendissait dans une innocence que finalement beaucoup enviaient, la liberté d'être, d'exister dans son art. Un exploit que peu de gens vivaient et elle en était reconnaissante.

Famille

Louise est l'enfant unique d'une famille juive dont les grands-parents ont émigré dans les années trente. Plus précisément entre 1930 et 1933. Une expatriation qui était principalement liée et due, aux vagues d'immigrations européennes aux perspectives sociales et économiques des États-Unis d'Amérique, en vue d'une terre promise, mais laquelle ?

Précisons-le, alimentées par l'antisémitisme, et les persécutions en tous genres, à l'époque, l'Europe tout entière vivait l'inéluctable dans sa chair. L'extrémité des actions menées par certains et autres dénonciateurs qui n'avaient plus le contrôle, si bien que la réalité dépassait la fiction autant sur le plan politique que socioculturel. Les juifs sont le mal, et ils subissent surtout des insultes et des menaces racistes et fascistes, et ce juste avant la prise de pouvoir de Hitler. Ce fut à ce moment précis que la famille de Louise avait été martyrisée par ce racisme saillant. Simon Epstein l'a appelé « Le Double Mythe » de l'inertie et de l'insouciance des Juifs[1].

Les Godwin eux, étaient partis in extremis durant ces trois fameuses années, dans une période où même un certain optimisme y régnait surtout à Berlin, lieu où, un certain vice-président des forces de l'ordre, lui-même juif et surtout activiste, protégeait ses origines le mieux qu'il pouvait...

Un départ donc définitif, et inévitable, pour les Godwin, vers la contrée de tous les espoirs. L'Amérique fut à cette époque propice utile, et vraiment nécessaire, juste après la crise de 1929 à Wall Street. Début ou fin de la crise financière ? La fin d'une étape de vie pour les Godwin oui, le début d'une autre, avec tout ce qu'elle implique : peur, réflexions sur le lendemain, juste avant la fermeture des frontières en 1933 pour eux aussi et ce sans un sous en poche, mais le seul espoir d'une liberté insouciante. « Mais comment contrer le mal ? En a-t-on réellement le pouvoir ? » Les Godwin ne se plaignaient pas pour autant de ces hostilités, et ce malgré leurs tourments, leurs déceptions aussi, sur le regard que portaient les autres sur eux...

La famille de Louise qui était non pratiquante, mais très croyante, lui offrit une éducation traditionnelle et européenne. Louise, fut donc bercée dans des valeurs familiales à l'éducation laïque, telles que le respect des autres, le travail, et la solidarité au sein de la famille et bien sûr, dans le cadre de la communauté

1 - *Simon Epstein,* 1930 une année dans l'histoire du peuple Juif, *Ed. Stock - Les essais, 2011*

judaïque, comme c'est souvent le cas dans les confréries juives.

Sa grand-mère Malyse au départ vivait en Allemagne, puis partit aux États-Unis avec le reste de sa famille. Elle qui fut le premier pilier, avait participé à l'éducation de sa petite fille jusqu'à l'âge de 6 ans pour celle-ci. Sa grand-mère lui disait souvent que pour y arriver dans la vie, il fallait beaucoup apprendre. Donc, très tôt Louise avait été sensibilisée à la grande importance des études et était très curieuse.

Elle fut très mesurée et assidue, parée aussi pour un meilleur avenir, grâce à une grand-mère autoritaire, mais qui en même temps la câlinait, la consolait, et l'aidait à se construire pendant ses premières années... Malyse et ses gâteaux, Malyse et ses histoires qui rassurent, ses bisous magiques qui guérissent, ses chansons qui bercent, ses jeux qui amusent, ses rires contagieux qui allument des étoiles dans les yeux, ses souvenirs merveilleux d'un autre temps... Malyse amenait des étoffes de tissus qui ne servaient plus pour confectionner des robes uniques et scintillantes d'originalité à sa petite-fille. Louise se sentait singulière dans sa personnalité telle une petite fille enjouée à chaque essayage de déguisement confectionné. Ses vêtements faisaient retourner bien des inconnus vers la petite Louise, sans savoir qu'elle deviendrait un jour une actrice...

De l'autre côté, Betty Godwin, la mère de Louise, n'était pas très douée pour les gâteaux, mais avait certainement eu le don de mettre sa fille en appétit du savoir après les premiers pas éducatifs de Malyse. Betty se prêtait à ce jeu qu'elle nomme « Monsieur Maman » avec une gourmandise rassurante pour Karl et elle. La distribution de ces rôles s'est progressivement installée, dans la discrétion et le respect de l'autre, mais avec quand même une assurance absolue que chacun des deux occupe la place appropriée et la préserve avec une jalousie féroce !

Peut-être le volet autoritaire de sa profession, autorité nécessaire, voire obligatoire, pour faire progresser ces jeunes qui leur sont confiés, l'a-t-il trop façonnée au fil des années ? Ou sans doute était-il préexistant et elle en s'est saisi par goût, ou par facilité ?

Pour Betty, enseigner avait toujours été un apprentissage, non pas tant d'un contenu qui s'acquiert et s'actualise, mais en recherche de l'autre, nommé Élève. Sa véritable réussite, ô combien plus difficile à atteindre, c'est de savoir comment optimiser chez chacune et chacun de ses élèves ses chances d'aimer donc de prendre du plaisir dans la ou les matières qu'elle a aimé apprendre, leur donner le goût de...

Betty enseigne le Droit et l'Économie et garde en mémoire, avec nostalgie de ces temps anciens, les exemples apportés par ses professeurs pour illustrer ces deux matières quelque peu rébarbatives, mais qu'elle aime tant ; les exemples qu'elle utilise avec ses élèves avec l'espoir un peu fou, peut-être, de donner à son tour, l'envie d'aller plus loin...

Toujours le même et toujours différent, classe après classe, semaine après semaine, évoluant avec le temps, les saisons, les départs en vacances et les « petites rentrées ».

Ils lui viennent à l'esprit, particulièrement ces périodes de Noël, départs pleins d'excitation, attentes de retrouvailles, de repos bien mérités, de rires, d'espoirs ! Mais elle se souvient également de retours de ces « vacances », de ces « vides » (vacance a pour origine le « vacuum » latin...) que rien ni personne n'a pu combler. Elle se rappelle quelques noms d'élèves qui revenaient cassés, fragilisés ou simplement encore une fois déçus par des rêves inaboutis de parents réconciliés et réunis autour d'un même sapin : oui, cette année encore il a fallu courir d'une famille recomposée (ou pas) à l'autre, embrasser des demi-frères, des demi-sœurs, des demi-pères, des demi-mères, des quarts de grands-parents. Et quand elle recevait leurs chocolats à la rentrée de janvier, beaucoup avaient le goût salé des larmes.

Elle considère « ses élèves » comme appartenant à une grande famille dont elle serait la mater familias. Ce faisant, elle compense probablement le côté paternel dont elle fait preuve vis-à-vis de sa propre fille. Elle laisse donc à Karl le rôle de Maman qu'il joue très finement d'ailleurs, quand il est présent. Il pourrait être éloigné de Betty, car trop souvent absent, mais en fait, il prend beaucoup de plaisir à cette proximité privilégiée, très appréciée parce que rare.

Presque rien n'est plus important pour Karl que la protection et le bien-être de sa fille Louise... Karl adore sa fille Louise. C'est même idolâtrer son enfant au point d'assister à des événements cinématographiques hollywoodiens dans l'objectif d'aider la carrière de son unique enfant et, de lui raconter ce qui s'y passe dans le cercle hollywoodien et de nombreuses anecdotes racontées ...

Journaliste économique au *New York Times*, puis par la suite culturel au Los *Angeles Times* depuis plusieurs décennies, Karl a la soixantaine. Il a à son actif beaucoup d'expérience dans le domaine du journalisme. Juif et heureux de l'être, un homme bon, un homme de lettres intelligent, qui a misé sur Louise, en lui offrant les meilleures écoles new-yorkaises.

Dans ses expériences de journaliste, Karl avait connu d'une part la guerre, il avait été aussi témoin de certaines conséquences politiques…

Ses interviews successives avaient souvent laissé de traces indélébiles pour des familles d'acteurs eux-mêmes immigrantes, tout comme la famille Godwin…

C'est comme si le peuple ou les communautés juives avaient créé leur place, au sein de cette *Académie Award* sans jamais délaisser le rêve de chacun, ni bien sûr, sans oublier leur histoire…

Louise vécut donc une enfance sans problème et dans un optimisme, qu'elle appelait « idéal ».

Fille unique certes, mais rappelons-le, car étant seule avec quelques cousins autour, Louise ne se sent en concurrence avec personne.

D'ailleurs, ce n'était pas dans sa nature de vouloir plaire absolument.

— Je suis ce que je suis, j'ai ma personnalité propre, et ne désire être en rivalité avec personne, avait-elle confié à son paternel.

La jeune actrice rayonnait de sa blondeur, de sa plastique et de son talent, n'avait rien à envier à personne, même pas à Olga, sa meilleure amie. Olga est américaine. Les deux filles ont le même âge, même blondeur de cheveux, et mêmes centres d'intérêt, on dirait deux sœurs, et Olga est un peu la sœur de Louise qu'elle n'a jamais eue. Elle n'a pas vécu d'histoire particulièrement chaotique, si ce n'est qu'elle est d'un grand soutien et témoin de nombreux voyages, et certains pans de vie de Louise. Sa profession est loin de celle de Louise — Olga a choisi de suivre le chemin de ses parents dans le secteur de l'immobilier, secteur où elle est certainement épanouie — mais cela n'empêche pas leur complicité.

Louise et sa grande amie Olga, célibataire, se rapprochèrent encore plus, accentuant cette grande complicité en effectuant quelques voyages ensemble et avec le reste de la famille. Les endroits pétillants de souvenirs dans des lieux colorés, des paysages enchanteurs, des périples qui permirent à Louise de vivre un certain repos, après chaque tournage.

L'un de voyages qui leur avait procuré le plus de plaisir avait été celui effectué à Paris. Paris et ses musées rares, ses lieux insolites où de nombreux écrivains s'y trouvent et où des étudiants se rassemblent près du quartier de l'Odéon.

Pendant leurs journées, les deux amies vaquaient sur les bords de la Seine en voyant quelques bateaux-mouches très peuplés en ces temps printaniers.

— À quoi boit-on ? interrogea Olga à Louise assise au bord de ce fleuve, coupe de champagne à la main, un certain soir.

— À l'amitié, aux rencontres et à l'avenir ma chère.

LE rôle !

Après sa dernière nomination aux Golden Globes, Louise rencontra un nouvel agent du nom de Kevin McGill et signa un contrat avec celui-ci et son agence de casting. Kevin McGill promit à Louise de lui trouver des rôles à son image. Il lui présenta trois scénarios, dont un qui attira toute l'attention de Louise, *Secrets dans la nuit,* exposant un meurtre qui se voulait être maquillé en suicide.

Un récit abject d'un homme qui ment sur tout. Un personnage affable, réservé et aimant en apparence, mais en même temps violent et dominant envers sa femme. Traînant avec des femmes plus jeunes de vingt ans, et changeant de personnalité, au cœur de la ville, dans les secrets de la nuit.

— Voici un rôle très hitchcockien, se dit Louise en lisant le scénario. J'aime bien.

Louise souhaitait jouer son personnage pour plusieurs raisons. La première est celle de réitérer les hypocrisies de son ex-compagnon à une échelle moins élevée. La deuxième explication fiable à son sens, celle de prendre la décision d'extérioriser son passé sentimental de manière définitive.

L'actrice avait encore de la colère au fond d'elle. Une sorte de blessure qui n'était pas totalement cicatrisée, et qu'elle évoquerait sur grand écran. Elle voyait ce rôle comme une thérapie irrévocable, et à la fois et surtout, une évolution certaine dans son métier.

Son nouvel agent était du même avis et lui conseilla fortement de travailler le personnage sans tarder, mais pour des raisons bien différentes que les siennes.

D'une part parce que le film serait réalisé par une grande production américaine, et aussi parce que Louise n'avait encore jamais joué ce genre de personnage.

— Ce serait un tremplin pour toi de faire cette distribution, même si certains réalisateurs te connaissent déjà et même si tes films précédents ont eu du succès auprès du grand public. Je pense que celui-ci pourrait te mener vers un statut plus important et plus conforme aux regards des grosses *major* américaines.

Une fois sa décision prise, Louise apprit son texte sans relâche, avec l'aide d'un coach spécialisé dans le domaine dramatique, pendant un mois. Elle s'exécuta telle qu'on lui avait enseigné à l'*Actor Studio,* le tout en privilégiant une investigation affective, et surtout psychosomatique.

Ce fut un retour vers le passé de Louise, et notamment sur son échec sentimental. Un rôle en définitive moins difficile à jouer qu'elle ne le pensait.

Et c'est aussi ce qui avait séduit Louise, celui de participer à un thème inexploité dans sa carrière, mais pas uniquement dans sa vie.

Le premier jour du tournage, Louise était arrivée accompagnée de son agent. Sa beauté froide, sa personnalité, et son talent de pleurer sur commande ont attiré instantanément le réalisateur.

L'appel au bureau à l'agence McGill ne s'était pas fait attendre. Quelques heures après son audition, Louise avait été choisie pour jouer dans ce film, *Secrets dans la Nuit*. Heureux, Kevin l'avait longuement félicité et en avait profité pour lui faire la cour.

— Tu as été formidable Louise, lui dit-il muni d'un large sourire. Je suis fier de toi. Le réalisateur a été épaté de ta prestation. Tu lui as littéralement cloué le bec.

« Vous avez là une sacrée recrue ! », m'a-t-il dit au bout du fil.

— C'est la première fois, Louise, que j'entends un réalisateur faire autant de compliments à une actrice de mon agence. Bravo !

Puis, Kevin s'approche de plus près de Louise et lui caresse le menton du bout des doigts durant quelques secondes tout en fixant son regard dans les yeux de Louise.

Son sentiment commençait à faire son chemin. Il était comme admiratif face à l'actrice qui rayonnait de sa blondeur et de sa beauté.

Louise, intimidée, mais heureuse d'une part de cette bonne nouvelle et de ce geste affectueux de la part de Kevin, demeura toutefois figée.

Malgré le fait qu'elle ressentait quelque chose pour lui, Louise était mal à l'aise.

— Je ne suis pas certaine de mes sentiments Kevin, dit-elle en baissant son regard. C'est trop tôt, et surtout je ne sais pas…

— Que se passe-t-il, Louise ? Veux-tu en parler ? lui demanda-t-il.

Louise lui raconta sa mésaventure sentimentale précédente. Elle lui parla de cet échec dans les grandes lignes, sans donner de détails et surtout sans mentionner le nom de la personne concernée.

— Cette déception amoureuse est trop présente encore. Je n'ai pas encore tout résolu sur ce point.

— Que t'a -t-il donc fait ? dit-il inquiet.

— Rien de grave. Je ne souhaite pas en parler. Et puis nous ne nous connaissons pas encore très bien. Laisse-moi du temps…

— Tu as le rôle, c'est cela la bonne nouvelle du jour, ajouta-t-il, compatissant. Le reste peut bien attendre. Sache que je suis là Louise si tu veux parler.

Elle acquiesça tout en le remerciant.

Pendant le tournage du film

Quelques semaines se passèrent et Kevin McGill adressait des louanges presque à chaque fois qu'il voyait Louise…

L'actrice démontrait beaucoup de minutie sur le plateau du tournage, tant au niveau de son jeu autant que ses rapports avec le reste l'équipe.

Kevin, impressionné par le climat des derniers jours, l'observait soigneusement. Les parties de son corps, son visage, ses expressions, ses mimiques, et enfin toutes ses formulations dans le moindre détail des répliques de Louise sans dire un mot, mais toujours présent durant les moments de tournage clé.

McGill réalisait encore le réel potentiel de cette jeune femme et actrice. Il pensait certes à d'autres contrats pour elle, mais pas qu'à cela… Il la voulait en effet pour lui tout entière.

Il commença à se manifester de nouveau son intérêt pour elle de manière plus claire en la rassurant de ses dernières performances professionnelles.

— Je suis épaté de tes exploits des derniers jours, Louise. Tu joues considérablement bien. Je ne suis pas déçu. Au contraire !

Louise regarda Kevin du coin de l'œil en le remerciant.

Puis elle enchaîna en le questionnant.

— Connais-tu très bien le réalisateur, et le producteur du film ?

— Il y a plus de dix ans, je les ai rencontrés dans une autre vie, dans un lieu festif, mais nous sommes restés en contact au fil du temps, dit-il de façon évasive…

— Cependant, c'est grâce à cette équipe de production là que j'ai eu l'idée de monter mon agence qui porte aujourd'hui mon nom.

— Ils sont pointilleux, n'est-ce pas ? questionna encore l'actrice.

— Oui, ils sont maniaques, mais très professionnels, répondit-il.

Louise accepta ses propos évasifs. Elle préférait se contenter de ces liens professionnels avant tout, sans trop se poser de question.

Un voyage en Grande-Bretagne était prévu pour poursuivre le travail de tournage du film *Secrets dans la Nuit*.

Kevin avait mentionné son intérêt pour visiter Londres en sa compagnie, malgré le peu de temps libre dont ils disposeraient.

— Je te montrerai les lieux les plus convoités, et surtout les moins sombres, pour te déconnecter des plateaux de cinéma. Ce sera une manière de se connaitre un peu mieux, et de passer plus de temps ensemble. Qu'en penses-tu ?

— Je n'en pense que du bien, conclut-Louise.

L'actrice et l'agent, Louise et Kevin, vivaient des petits plaisirs passionnés parsemés de moments uniques qui s'amorceront au cœur de la capitale britannique et de ses attraits culturels et insolites…

Retour à la nomination

De retour deux mois plus tard, à Malibu où McGill attendait en cet après-midi de février à l'entrée de la maison de Louise, impatient.

L'actrice ouvrit la porte et accepta un baiser sur le coin des lèvres sans dire un mot, et acquiesça même d'un large sourire. Elle prit les fleurs offertes par son agent, mit le bouquet dans un vase et proposa à son invité une boisson pour fêter cette récente nomination.

— Thé, café ou champagne pour fêter l'heureux événement ?

— Champagne. Nous allons fêter cela, Louise. À toi ! dit-il d'une voix chaleureuse en enchaînant.

— Comme je te le disais tôt ce matin, je pressentais une place pour toi. Bien sûr, il y a eu d'autres personnes qui ont été nommées plus tôt que toi, et ce, à un âge encore plus jeune, mais pas dans celui d'un personnage dramatique aux premières loges. À 23 ans, ce n'est pas courant. Ce sera notre record à nous, dit-il d'une voix bienveillante.

— Merci ! Je t'en suis très reconnaissante, Kevin, car j'ai obtenu ce rôle du film *Secret dans la nuit* aussi grâce à toi et à ton agence.

— Tu es une généreuse actrice ! Je le dis et te félicite encore !

Puis il poursuivit, l'air inquiet.

— Il faut que tu saches cependant qu'il y a de nombreuses consignes concernant les nommés et plus… précisément au sein de l'académie. La première chose que tu dois savoir est que tes spots publicitaires autres que celles de ton film ne seront pas diffusés pendant la période de cette cérémonie. Pas de publicité non plus sur les réseaux sociaux venant de toi, de tes amis proches ou de ta famille. Et pas de copinage avec le public qui te connait, si tu veux garder toutes les chances de ton côté, dit-il avec insistance. *L'Académie Award* est très exigeante sur les consignes à suivre depuis environ les années 2000 et contrôle tout ou presque. À savoir, tes articles diffusés, tes prochaines déclarations, les publicités autres que la leur, et les différentes réactions sur ton film, notamment sur le message que tu véhiculeras dans tes réseaux sociaux. En fait, dit Kevin, tu ne pourras pas intervenir sur ton film ni sur ton image, durant cette période de nomination. Le mieux est de ne rien dire avant le jour J, de ne rien déclarer avant.

Il enchaîna.

— Si jamais tu fais participer ton public avec les associations de femmes contre la violence conjugale, il est évident que tu auras leur soutien. Mais en revanche tu n'auras pas celui du jury qui t'a nommée. Et ça pourrait se retourner contre toi. Rien ne doit donc, être laissé au hasard.

Il renchérit :

— Un autre conseil. Pas de contact non plus avec les autres nommés jusqu'à la fameuse soirée. Évite aussi les journalistes et reste en famille ou avec tes plus proches amis.

— Je comprends ton inquiétude, mais je veux savourer cette nomination, Kevin. Je veux la fêter, et cela dignement. Ce n'est tout de même pas courant d'être nominée aux Oscars. Ce n'est pas facile non plus de dissimuler ma joie, conçois-le aussi. Pour ma part, c'est une victoire personnelle et revanche à la fois en rapport avec mes origines et mon passé.

— Louise, fais-moi confiance. Manquer à tes obligations face à cette règle et perdre une éventuelle statuette ne seraient qu'un beau gâchis.

— Je veux bien sûr parler des dé-nominés des Oscars. Et ils existent ! Crois-moi !

En effet, et il est vrai qu'il subsiste des dé-nominés et des annulations de nominations aux Oscars. Certes, ce n'est arrivé que deux fois depuis l'ouverture de l'académie, en 1929. Mais les personnes visées se sont vues retirer ce trophée, pour des raisons encore inconnues, et mal expliquées publiquement et surtout contradictoires…

Rappelle-toi, dans l'histoire du cinéma, on a plusieurs fois vu des films qui n'ont pas été récompensés, parce que les messages de certains d'entre eux comme *Le Dictateur* avec Charlie Chaplin en 1941 par exemple, ont démarqué le cinéma en véhiculant des avis à caractères politiques, ou par des pensées trop religieuses en fonction de l'époque comme *Les Dix Commandements* de Cecil B. De Mille en 1956.

En fait, ces longs métrages sont devenus culte avec le temps, mais ils ne l'étaient pas dans leurs périodes respectives.

Mais rassure-toi Louise, je ne vais pas refaire ni t'en raconter l'historique complet du cinéma américain que tu connais certainement très bien. Je veux seulement bien t'éclairer pour que tu mettes toutes les chances de ton côté. Tu comprends ?

— Oui, répondit-elle, les yeux rivés vers Kevin.

Puis il enchaîna :

— Dans un cas précis, la personne s'est vu être dé-nominée des Oscars à cause de messages adressés à des personnes supposées ne pas les recevoir. Celui-lui-même, m'a d'ailleurs envoyé son témoignage. Mais il souhaite rester anonyme, s'est senti trahi, attaqué de tous bords pour des faits qu'elles n'avaient pas commis et dont il n'était pas responsable. Mais c'est chose impossible à prouver. Ce fut, parole contre parole à travers les médias, et les traitements faits par l'Académie ont été intenses à son égard, voire désastreuses parce que personne ne l'a cru. Le bon côté de cette histoire est que cette personne a poursuivi le chemin de son art, malgré le fait qu'elle vit dans l'ombre, et a dû changer d'identité à la suite de cet événement. Cette personne reste positive à titre de consolation, le tout, dans une grande humiliation.

Une lettre avait été écrite, et je l'ai apportée aujourd'hui :

— *Le meilleur avertissement que je peux partager avec les gens nommés est celui-ci : soyez fidèles à vous-mêmes et attentifs à ce qui peut arriver. Ne laissez pas le peu de valeurs de quelqu'un d'autre vous prendre ce qui est à vous, ou ce qui est votre prix. Sachez que même les personnes les plus puissantes de ce monde, et ce dans toute l'industrie du cinéma, pourraient être des individus effrayés et voire, totalement égarés. Ne les laissez pas vous détruire. Tenez bon, gardez votre tête haute et allez de l'avant.*

Louise fut particulièrement émue après l'écoute du témoignage en se disant qu'elle s'en souviendrait pour le restant de ses jours.

Voyant le visage affecté de Louise, Kevin lui lança comme par réconfort :

— Cependant, cela a de bons côtés. Cette nomination va certainement t'aider à obtenir plus de rôles, et plus d'attention pour la continuité de ta carrière. Les producteurs du film ont bien dit qu'ils allaient te faire travailler à nouveau. Ce n'est pas écrit noir sur blanc, mais il y a de gros espoirs et enjeux misés sur toi. Ta carrière est bien loin d'être terminée. Crois-moi, je veillerai aux grains. Les différentes réactions des uns et des autres, et surtout les choses à éviter dans ce milieu parfois obscur.

Louise et Kevin poursuivirent ensemble cette discussion durant deux longues heures… Celui-ci repartit en début de soirée.

De son côté, entourée de ses meubles en bois clairs et de ses quelques bibelots, Louise s'affala sur son grand divan beige et termina son verre de champagne seule, et pensive…

Après l'annonce de la nomination, le téléphone de Louise ne cessait de sonner à tout va, accompagné de nombreuses félicitations. En effet, la nouvelle officielle s'était bien répandue depuis le début de la journée, et tout l'entourage de Louise parlait d'une cérémonie qui promettait d'être lumineuse, voir surprenante selon les tabloïds.

Elle prépara une table raffinée pour fêter l'événement avec sa famille. Une nappe blanche nacrée couvrait la table et un grand bougeoir composé de sept bougies illuminait cette table festive, bien rare d'ailleurs dans cette famille où l'on fêtait de temps à autre Shabbat qui serait célébré ce soir en même temps que cette bonne nouvelle. Prête à accueillir ses convives avec des plats juifs, Louise enfila rapidement une autre robe pour leur faire honneur. C'était le dernier dîner ensemble avant la grande cérémonie. Une toilette longue et gracieuse, bleu marine et quelques accessoires tirés de sa commode.

Au moment où elle remonta la fermeture de sa robe, ses deux parents sonnèrent à l'entrée. Elle courut leur ouvrir la porte et manifesta sa joie de les voir arriver.

Karl et Betty disent en cœur :

— Bravo !... Ma chérie. *Mazel Tov* !

Une bouteille du meilleur vin à la main, Karl Godwin embrassa sa fille affectueusement.

— Je suis fier de toi, tu sais, lui dit-il.

Accompagnée d'un bouquet de fleurs, Betty renchérit la complimenta et félicita sa fille avec émotion. Les embrassades durèrent un moment, Louise avait les larmes aux yeux à son tour, attendrie et heureuse de partager avec eux cette grande nouvelle.

— Tes grands-parents auraient aussi été si fiers de toi, déclara son père.

Louise s'inclina avec dignité.

— Tu souhaitais cette nouvelle, ajouta sa mère Betty. Ton travail est assurément récompensé.

Louise était aux anges et passa une soirée familiale en toute complicité avec les siens, en leur expliquant les recommandations que Kevin lui avait formulées dans la journée.

Ses déclarations prochaines dans la presse ainsi que les consignes imposées par son agent étaient claires. Louise les appliquerait à la lettre.

Mais au fond, elle était déjà bien heureuse de cette nomination et s'en contentait largement, bien qu'entre-temps Louise, avait savouré d'autres temps festifs, le temps d'un repas spécialement prévu pour les nommés uniquement... Olga et Louise allèrent choisir ensemble une autre tenue, qu'elle porterait cette fois pour la soirée appelée le bal du Gouverneur.

Les préparatifs — suite

Pour la cérémonie des Oscars, bien que les choix furent nombreux, Louise eut un faible pour une longue tenue noire avec bustier, simple, mais très élégante avec des chaussures assorties du même tissu. Elle compléta cette tenue d'un bracelet et de boucles d'oreilles imposantes de chez un grand joaillier, autres accessoires également prêtés pour l'occasion.

La plupart des nommés avaient ce privilège de porter des accessoires et vêtements de marque. Même si, Louise était une habituée des bijoux de la haute couture, elle voulait être parfaite et se sentir au mieux lors de ce fameux soir qui approchait à grands pas.

Au théâtre, les dernières retouches de peinture étaient en train d'être finalisées sur les murs de l'établissement. La répétition générale était en cours, avec des acteurs engagés pour l'occasion, en guise de doublures, des quelques professionnels du film, très attendues.

À l'extérieur de l'habitacle, on annonçait un climat chaud toutefois pluvieux. Une averse pourrait survenir à chaque instant de la journée. Tout était donc prévu pour d'éventuels effets indésirables et afin d'accueillir les invités dans les meilleures conditions. Tout, dans les moindres détails et un coût exorbitant et de plus en plus élevé chaque année.

La bible, comme on appelle le scénario détaillé des répétitions de la soirée des Oscars, était en train d'être complétée à ce moment précis. Cette trace annuelle du cinéma américain gardée dans les prochaines archives…

En coulisses, la sécurité contrôlait toutes les entrées et sorties des organisateurs et observait les badges de tous les gens autorisés à rentrer — producteurs, acteurs, coiffeurs, costumiers, monteurs, réalisateurs, scénaristes, etc., accompagnés d'innombrables questions ; qui faisait quoi ? Pourquoi, ou quand, pour qui ? Les gardes surveillaient également toutes les statuettes[2] disposées sur une immense table située derrière le rideau de la scène, lieu, où toute la pléiade d'Oscars, attendrait la fameuse récompense.

Les anecdotes sont multiples : en effet Bette Davis aurait selon l'académie attribué le nom d'Oscar suivant le deuxième prénom de son mari Harmon Nelson, et l'autre anecdote, celle d'une documentaliste de

2 - La statuette, dessinée par Cédric Gibbons, qui fut à l'époque le directeur artistique de la MGM (Metro Goldwyn Mayer) et sculptée par George Stanley et officiellement remise aux récompensés à partir de 1939.

l'Académie qui aurait choisi de l'appeler de cette façon en raison de sa ressemblance avec un oncle. Tous ces échos n'ont jamais été vraiment clairs ni officiellement reconnus, mais toujours est-il que c'est un secret bien gardé dans les annales du cinéma hollywoodien.

Quelle que soit la version, le nom Oscar est donc resté…

La statuette, elle-même fabriquée en plaqué or 24 carats est évaluée aux environs de 900 dollars, n'a pas un cout exorbitant sur sa fabrication, certes. En revanche, et pour la dernière anecdote, cette récompense a eu un cout de plus 600 000 dollars pour Steven Spielberg détendeur d'au moins trois Oscars, qui s'est vu offerts deux oscars dans deux ventes aux enchères : la récompense de Clark Gable pour le film *It Happened One Night, New York Miami* en 1934, avant le réel baptême du nom Oscar officiellement utilisé en 1939, et la statuette de Bette Davis pour le film *L'insoumise* en 1938. Tout ceci serait-il assurément significatif en fonction des anecdotes sur l'histoire de la statuette elle-même ?! C'est à se demander si Spielberg n'avait pas anticipé l'histoire du cinéma hollywoodien, avant l'Académie elle-même !

Quant à l'écho Clark, « Si ce n'est pas avec le domaine Clark Gable, je ne pouvais pas penser à un meilleur sanctuaire pour le seul Oscar de Gable que la *Motion Picture Academy* », a-t-il déclaré. « La statuette Oscar est la reconnaissance la plus personnelle du bon travail que notre industrie ne puisse jamais conférer… »[3].

Oscar, trésor commercial ou non ? L'Académie a tout de même institué un accord, qui empêche la vente de ce prix depuis 1949… Steven Spielberg est donc le

3 - *Citation prise de* Source Variety

seul à détenir et à vouloir exposer ces deux trophées inestimables qui font parler encore d'eux, de nos jours...

Des décennies ont passé, la parole, et l'histoire du cinéma a fait son chemin, sur le fond et sur la forme, le tout en créant des techniques de tournage totalement réalisées dans des circonstances imprévues par Alfred Hitchcock. Les réverbérations s'accomplissent d'année en année, la situation de septembre 2001 aurait pu annulée tout compte fait la cérémonie des Oscars. Une situation exceptionnelle, mais bien réelle, puisqu'elle a finalement accueilli cinq milles forces de l'ordre, qui étaient postées dans les moindres recoins du Dolby. Karl Godwin fut alors témoin de la scène...

Mais cette année, est-ce le sort de Louise Godwin qui était en jeu ?

Une multitude de photographes, venus du monde entier surveillaient l'arrivée des invités à l'extérieur.

Les fans, eux, s'excitaient déjà à la vue au loin, du tapis rouge.

On parlait de Louise, de sa jeunesse, visiblement un record parmi les records pour un succès inhabituel et réservé en principe, à des actrices plus âgées d'après certains tabloïds. Louise n'avait que 23 ans. Est-ce que Louise serait le nouvel engouement d'Hollywood ? La nouvelle coqueluche des temps modernes ? Sera-t-elle à la hauteur des autres nommées ? Si oui, pourquoi finalement ?

De leur côté, Karl et Betty Godwin, d'une nature optimiste s'obstinaient à dire que leur fille unique, allait gagner ce prix qu'elle méritait amplement. Ils avaient soutenu son rêve et y avaient contribué en investissant dans les meilleures écoles, mais aussi, et surtout parce que les Godwin croyaient en elle.

Devant leur écran de télévision, Karl et Betty étaient impatients de connaitre le prochain verdict...

Depuis chez elle, dans sa maison de Malibu, Louise disait qu'elle avait eu sa part d'ombre dans cette histoire, mais qu'elle ne regrettait pas d'avoir joué ce film *Secret dans la nuit,* même si le tournage avait été somme toute compliqué. La jeune actrice affichait cette grande fierté, celle de ses origines juives et le fait de pouvoir montrer à ses parents, cette éventuelle statuette qu'est l'Oscar.

Louise mit ses derniers accessoires, les boucles d'oreilles et son bracelet assorti. Puis, elle franchit la porte de l'entrée de sa maison, avec le cœur rempli d'énergie pour un avenir peut-être meilleur encore, et qui devrait ou serait bien différente en tout cas, les jours suivants.

Son agent l'attendait patiemment dans une limousine noire, devant de la porte. Le chauffeur et garde du corps aida Louise à s'installer dans la voiture. Kevin la contempla avec un large sourire en lui prenant la main, comme pour lui exhiber son soutien avec un peu de son amour...

— Tu es vraiment resplendissante, Louise. Tu es radieuse, insista-t-il.

S'approchant d'elle, il prit ses mains, il effleura ensuite son visage, la regarda et s'avança de plus près et l'embrassa le coin de son œil, puis du bout des lèvres.

L'actrice émue ferma les yeux, se laissa attendrir dans un élan de passion amoureuse.

Kevin l'embrassa à nouveau en partageant avec elle, un baiser tendre.

Kevin l'avait attendu depuis plusieurs mois…

Louise mit quelques secondes avant de reprendre ses émotions par cet acte charnel, et envoutant.

— La soirée commence bien, dit-elle, charmée.

— Je peux recommencer si tu veux, répondit-il en lui faisant un clin d'œil.

— Plus tard. Je pense que nous devrions y aller. Je ne veux pas être en retard…

Puis, Louise prit son miroir de poche, se repoudra le nez et remit du rouge à lèvres.

— Monsieur, je crois que nous pouvons y aller, annonça Kevin d'un air joyeux et rassuré tout en évoquant à nouveau la beauté de sa protégée.

— Nous sommes attendus dans environ 15 minutes, juste le temps du trajet, lui dit-il.

— Nous devrions être à l'heure, rétorqua le chauffeur.

Sur la grande avenue hollywoodienne où se trouvait le théâtre, la sécurité les guiderait ensuite vers l'entrée.

— Nous allons rencontrer des personnes formidables. Louise. Tu verras certainement des acteurs avec lesquels tu tourneras par la suite. Les producteurs sont fiers de toi. Fiers de cette nomination. Ils viendront te féliciter chaleureusement, dans le courant de la soirée.

— Monsieur, nous sommes sur le grand boulevard, interrompit le chauffeur. La circulation risque d'être très difficile, mais nous devrions être à l'heure dite.

Les fans envahissaient le secteur dans l'attente de voir les plus belles stars de près comme de loin.

Les lieux fourmillaient d'étoiles hollywoodiennes prises en photos par des admirateurs.

L'extérieur du théâtre était entouré de photographes et de spots lumineux pour accueillir les invités, et Louise Godwin accompagnée de Kevin McGill son agent.

Kevin sortit le premier du véhicule, fit le tour de la voiture pour ouvrir la porte à Louise, lui offrant sa main. Les flashes crépitaient de tous bords.

L'actrice admira la grande place et toutes les décorations en guise de bienvenue. Kevin lui prit le bras pour l'accompagner, faire quelques pas et pour atteindre les murs de caméras qui se dressait sur les deux extrémités.

L'endroit était féérique. Louise et Kevin s'arrêtaient de gauche à droite, se livrant aux regards des photographes, tous émerveillés par sa beauté et son allure hitchcockienne. La beauté de Louise fut presque glaciale. Habillée de sa robe noire bustier en taffetas et embellie d'un chignon à la Kim Novak comme pour démontrer certains points communs avec ce roman noir, cette histoire d'amour étrange, avec l'héroïne de *Sueurs Froides — Vertigo* (1958) un film ressemblant sur la fin tragique de l'histoire à celle de son film. C'est comme si le film se répétait. Là au fil du temps, des décennies, à travers le cinéma. Ce film d'Hitchcock n'eut pas sa place au box-office cette année-là, mais eut en revanche une place dans le cinéma sur des effets techniques appelés *Dolly Zoom*, encore jamais réalisés auparavant, tout comme *Les oiseaux* de Hitchcock qui fut le gagnant de l'auto-mauvaise critique, n'a pas eu d'Oscar (seul le

Prix en mémoire d'Irving G. Thalberg lui sera attribué) malgré le fait qu'il ait été jalousé, admiré, soit par envie, mais avec passion.

Imité aussi, et notamment dans les James Bond, dit-on en caricature grossière et malhabile de son œuvre selon les termes du cinéaste François Truffaut[4].

Pour Hitchcock, Chaplin restera sa référence « Géniale » avait-il déclaré. Mary Pickford la star du muet et de l'époque, Friedrich Wilhelm Murnau et enfin David Llewelyn Wark Griffith suivront... tout autant que sa muse favorite restera Grace Kelly.

* *
*

Dix minutes plus tard, un journaliste vint adresser la parole à l'actrice du moment.

— Bonjour, Louise Godwin.

— Bonjour.

— Vous êtes nommée ce soir pour le rôle de la meilleure actrice dans le film *Secrets dans la nuit*. Que ressentez-vous et quel est votre premier diagnostic à cette nomination ?

— Le contexte est un privilège. Une nomination à elle seule est déjà une victoire, répond Louise naturellement.

— C'est la première fois que vous êtes nommée pour un film qui a déjà attiré un certain public, lui dit le journaliste.

---

4 - François Truffaut, Hitchcock Truffaut, *Ed. Ramsay Cinéma, 1966*

— Oui le public a été visiblement conquis et je crois que c'est d'ailleurs l'essentiel. Un auditoire qui vous renvoie une réaction telle que cette reconnaissance est une très belle récompense.

— Parlez-nous de votre sentiment, de ce que vous avez ressenti durant le tournage du film.

— C'était la première fois que je jouais un personnage tel que celui-ci. Il m'a demandé du travail afin de créer une ambiance très sombre et très psychogène à la fois. Le sentiment que j'avais, fut que les scènes tournées étaient très intenses émotionnellement, et à jouer. Ce fut comme un dédoublement de personnalité à réaliser. C'est un vrai travail de composition.

Ensuite, il y a aussi le fait de vouloir contribuer à une cause, celle de la violence conjugale, dont la prévention sur les rapports hommes-femmes dans un couple qui va mal. Elles sont parfois très ambigües, fragiles, selon les dires et statistiques des associations qui défendent les victimes et l'on découvre au fil du temps la vraie personnalité d'un individu que l'on croyait connaitre. C'est en tous cas, le contenu de cette histoire. Enfin, j'ai eu, quoi qu'il en soit, beaucoup de plaisir avec le reste de l'équipe et je ne veux pas oublier de la remercier, dit-elle, pour conclure l'interview.

— Merci Louise Godwin. Nous vous souhaitons bonne chance pour l'Oscar.

— Merci à vous, termina-t-elle.

Après cette première interview, Louise se sentit moins tendue. Elle était dans son élément.

Plus loin, près de l'entrée du théâtre et de la statuette Oscar haute de cinq mètres, un autre représentant des médias vint à la rencontre de Louise et de Kevin, qui lui de son côté restait relativement effacé.

— Bonjour, mademoiselle Godwin. Nous sommes en direct de la Fox News.

— Bonjour.

— Vous êtes visiblement dans toutes les convesations ces temps-ci, dit-il d'un ton narquois. Louise ne répondit pas à cette première déclaration.

Puis il enchaîna, et se reprit.

— Vous êtes la surprise de cette année. Vous êtes l'espoir féminin de cette nomination à l'âge de 23 ans. Comment l'expliquez-vous ?

— Je l'explique par le fait que j'ai effectué par un travail de longue haleine. Et ce, après avoir étudié à L'Actor Studio de New York. J'ai souhaité avec mon agent Kevin McGill, participer à ce long métrage pour véhiculer un message qui me tenait à cœur.

— Avez-vous vécu vous-même ce genre d'histoire ? Vous sentez-vous concernée ?

Louise qui ne souhaitait pas aller plus loin dans ses déclarations lui répondit judicieusement :

— Je crois que nous sommes tous concernés par la violence psychologique d'une manière ou d'une autre. Mon rôle dans ce film fut de mettre l'emphase sur la vigilance que nous devons exercer sur nos proches qui sont à risque et être à l'affût de la manipulation affective et de la violence. Et à la fois jouer une femme éperdue, qui vivait quotidiennement dans le mensonge et la toxicité psychosomatique perpétuelle... Merci, dit-elle, en concluant poliment.

— Merci à vous, Louise Godwin, de nous faire partager ce message. Je suis certain que votre voix sera entendue par les associations concernées et le public. Bonne chance !

— Merci, fit-elle d'un large sourire.

Louise et Kevin poursuivirent leur chemin ensemble. L'entrée était tout près où des cadeaux et un laissez-passer étaient prévus pour l'accueil des invités et surtout pour les nominés.

Un sac cadeau sera remis aux accompagnateurs des nommés, et des invités, comme on le fait pour les Golden Globes ; voyages, robe d'un grand couturier au choix, crème de beauté homme – femmes, à profusion pour les hommes et les femmes, et parfums en tous genres, mêmes les perdants gagnaient, se disait Kevin McGill…

Émue, Louise franchit le seuil de la porte de l'immense salle où se déroulera cette grande soirée tant attendue.

Le décor prodigieux la fascinait. Jamais, elle n'avait eu une telle vision de cette fête du cinéma !

D'immenses affiches des films les plus célèbres placardaient les murs et notamment ceux nommés lors de cette soirée, dont *Secrets dans la nuit*. Louise vit alors sa propre affiche bien en évidence mettant son visage en premier plan dans des couleurs sombres et le tout dans une atmosphère très énigmatique.

La scène restait cachée pour le moment, scellée d'un immense rideau noir parsemé d'étoiles.

À cet instant, Louise imagina que son vœu ne pouvait réellement se réaliser. Que ses parents seraient simplement témoins de ceci derrière leur écran de télévision dans une heure.

Marchant dans cette salle, Louise et Kevin s'approchèrent puis s'installèrent à des places qui leur étaient attitrées, situées au cinquième rang, de la scène. Au passage, celle-ci salua les nombreux acteurs et actrices, producteurs, nommés, par un signe de tête arborant son plus beau sourire. Une fois installée l'actrice regarda l'assemblée. Elle observa à nouveau ce théâtre d'une capacité de quelques milliers de personnes.

— Vue du balcon, ce doit être certainement encore plus spectaculaire, dit-elle à Kevin d'un ton enjoué.

Celui-ci lui adressa la parole doucement pour ne pas attirer les regards.

— Il reste dix minutes avant le début du show, annonça Kevin en regardant sa montre.

Puis Louise attendait son heure de gloire ou pas, son heure ? Sans vraiment y croire, en voyant les acteurs de renoms défiler les uns derrière les autres.

Une voix off retenti (non pas celle de son inventeur Sacha Guitry[5]) intervint la seconde suivante, résonnant dans la salle pour demander à tous les invités de s'asseoir en indiquant que le spectacle allait commencer dans deux minutes.

Louise commençait à devenir fébrile. Tous les nommés étaient aux aguets et discrètement agités.

Que de chuchotements à l'horizon. Pas un mot plus haut que l'autre.

---

5 - Référence dans le film de Sacha Guitry «Le Roman d'un tricheur» en 1936

Les lumières de la salle de théâtre diminuèrent progressivement jusqu'à l'extinction totale où seules les étoiles du rideau pétillèrent à la vue de tous.

5, 4, 3, 2, 1.

Les étoiles du cinéma

Le générique se mit à résonner et le spectacle commença en trombe, tel un tourbillon de tambours.

Le rideau se leva et la musique retentit avec aux commandes de l'orchestre un grand musicien de renom.

Louise n'en croyait pas de voir et entendre son maestro favori. Les trompettes, les violons, s'unissaient à foison, dans une introduction harmonieuse et très colorée.

Cette musique qui fut orchestrée par l'homme aux plus de cinquante nominations aux Oscars, tel le fut, John Williams dans sa vraie vie.

Ce medley musical des films les plus célèbres depuis le siècle dernier et les plus reconnaissables, enchaînant les meilleures compositions du monde du cinéma, Louise essaya de trouver leurs titres, notamment les Walt Disney des années 1930, 1940, 1950, et ainsi de suite, d'autres films cultes, *Complot de Famille, le* dernier film d'Alfred Hitchcock, *La liste de Schindler,* bien sûr, et tous les films quasiment de Steven Spielberg jusqu'à aujourd'hui...

L'émerveillement de Louise est quasi absolu devant cette ambiance, bien au-delà de ses espérances.

Frissonnant avec les larmes aux yeux, Louise prit discrètement un petit mouchoir dans sa pochette et l'utilisa pour ne pas effacer son maquillage du coin de l'œil.

Le centre de la scène était muni de deux pupitres en marbre blanc avec des dorures. Un micro disposé sur chacun d'eux attendait le maître de la cérémonie et les prochains acteurs qui auront pour rôle de remettre les trophées. Dans le fond du décor, on pouvait y apercevoir une statuette grandeur nature.

La musique se poursuivit encore quelques minutes...

L'animateur de la soirée accourut sur la scène pour accueillir son public. Les applaudissements se firent entendre dans tous les recoins de la salle.

Le maître de la cérémonie commença avec un sketch et toute la salle s'esclaffa dès sa première réplique.

Il s'exprimait dans des jeux de mots sur l'actualité contemporaine faussement politique, allait bon train ces derniers temps, et statuette ou pas, le comédien portait à la blague toutes les consignes qu'avaient plus ou moins évoquées McGill à Louise, les jours précédents.

Puis le maître de cérémonie de la soirée poursuivit : — attention, je ne dis pas que les Oscars sont manœuvrés pour vous rendre la vie plus heureuse. Je dis que l'Oscar en lui-même est votre bourreau.

Les spectateurs éclatent alors de rire…

— Vous savez, c'est une sorte de cadeau empoisonné. Celui ou celle à qui on décernera ce prix sera victime peut-être de son succès, ajouta-t-il en plaisantant.

L'animateur prenait des risques peut-être, en disant cela, mais visiblement le public en redemandait et souriait, à l'ironie. Il amusait la galerie qui pouffait de ses frasques.

Et puis, il enchaîne sur un hommage rendu aux disparus et aux records dit-on, de cette nuit singulière, notamment celui des meilleures actrices primées.

À la question que l'on pourrait se poser, est-ce que l'on est réellement une mauvaise actrice, même si, celle-ci manque à l'appel d'une nomination, ou si on n'obtient pas l'Oscar escompté ? La réponse est non bien sûr !

Louise sentait quant à elle, approcher les nominations, dont la sienne…

Mais avant cela, une présentation spéciale diffusa des extraits de films dans lesquels les meilleures actrices oscarisées avaient joué un rôle plus engagé au sein de l'actualité et dans leurs vies. Certaines avaient même quitté leur métier par choix pour œuvrer dans l'humanitaire et assumer de front leur décision de ne plus poursuivre leurs carrières d'actrice. Certaines sont décédées, d'autres ont fait acte de présence dans la salle, suivi d'une courte biographie, pour se rappeler ces bons souvenirs, dévoilant leurs performances, et le pas de plus, sur l'avancement des quelques sélections féminines qui feront avancer certains pans de la société américaine.

Janet Gaynor première et unique femme à avoir remporté un Oscar dans son premier rôle en 1929. Mary Pickford en 1930, la référence d'Hitchcock, dans le film *Coquette*.

Hattie Mc Daniel, premier Oscar et premier second rôle pour cette femme de couleur à gagner l'Oscar en 1940. Halle Berry suivra en 2004 pour le seul et unique premier rôle pour une femme de couleur à entrer dans le cercle de l'Académie cinématographique.

Apparaissent la Japonaise Miyoshi Umeki, chanteuse et actrice, première et seule femme asiatique à avoir remporté l'Oscar pour un second rôle en 1957... D'autres records auraient pu être de la partie, mais seuls des Oscars d'honneurs ont été attribués...

Katharine Hepburn, qui fut longtemps détentrice du record dans la catégorie avec douze sélections au départ, de la meilleure actrice de son époque, fut détrônée par Meryl Streep par la suite avec au moins vingt-et-une nominations.

Enfin, plus tard, dans les années 80 restera la plus jeune oscarisée dans un premier rôle, la plus jeune aussi, étant Marlee Matlin meilleure actrice et malentendante.

Louise Godwin quant à elle, manifestait beaucoup d'émois et se tournait régulièrement vers Kevin, voyant le verdict approcher pour cette année-là.

Aurait-elle l'Oscar et si oui pourquoi finalement ?

Dans le mot impossible il y a le mot possible fit-elle dans son for intérieur. Et puis, l'image d'une actrice exceptionnelle apparut tout à coup sur grand écran, situé aux deux extrémités de la scène, l'émouvante, Audrey Hepburn, une autre qui avait reçu dans sa vraie vie son premier Oscar à seulement l'âge de 23 ans, même âge que Louise, l'une des plus jeunes de l'histoire. Cette image fit toute la différence au regard de Louise.

Cette actrice fut considérée dans les années 1950 et 1960, comme l'une des plus grandes. Vedette de cinéma de son époque, elle laisse derrière elle, l'image d'une beauté naturelle glamour et surprenante, fait d'un charme raffiné dans *Petit Déjeuner au Tiffany's* entre autres…

Cette star de cinéma fit aussi l'effet d'une bombe, lorsque le public vit un court métrage défiler devant eux sur les différents thèmes de sa vie. Toute la salle, arborait le spectacle de son existence faite de gaieté, dans des circonstances parfois tristes aussi, pour la cause humanitaire qu'elle défendait de son vivant et dont l'image restera toujours pour les générations à venir…

Louise vivait cette séquence avec beaucoup d'émotion, la prochaine étape de la soirée arriva.

Au tour enfin, des nominations, celles des meilleures actrices de l'année…

Quatre actrices sont en lice.

La première, grande brune, sobre, peu glamour dans son personnage de combattante, la trentaine, son visage carré dégageait une personnalité solide et imperturbable.

Celle-ci avait été nommée pour son excellent rôle féminin où l'histoire du film, se déroulant dans les années quarante, racontait l'engagement d'une femme et écrivain, des plus engagées de sa génération par les thèmes évoqués, notamment la fuite des pogroms, l'histoire des juifs américains migrants et ses traditions. Elle-même juive, Louise n'était pas indifférente à cette nomination.

Bien sûr, elle avait des origines de l'Europe de l'Est, non russes, mais cette fuite, en action, vers des terres nouvelles, de tous les espoirs, dans les années 1930, racontait une histoire qui était quasiment celle de ses grands- parents .

La deuxième à être nommée était Louise Godwin… Le film *Secret dans la nuit*, lui, reflétait, un drame, qui mettait en lumière un assassinat dans les rues de Londres.

Un sujet d'actualité peut-être plus ou moins courant dans les mœurs. Karl, son père, lui avait pourtant et souvent rappelé les préparatifs de dernière heure au fil du temps, depuis des décennies notamment sur les choix faits expressément, par certains politiques du moment, au pouvoir, et de mettre, ou de ne pas mettre certains films à l'affiche, comme pour démontrer un certain avant-gardisme, aux yeux de la population en règle générale, ou de l'informer des années futures. C'est comme si l'histoire de l'humanité était déjà écrite ou à vivre à travers le cinéma. Et ce soir, Louise avait cette analyse, celle de découvrir, que les messages des autres films nommés avaient parfois, des messages à connotation politique plus que divertissants.

La troisième nommée était une actrice de renom, deux fois oscarisée. Une pointure dans son milieu. Elle était ici en compétition pour avoir joué l'épouse d'un dictateur, qui souhaite fuir la propagande faite dans son pays. Un autre personnage difficile, mais tout aussi percutant pensa Louise qui se donnait avec cette concurrence peu de chance de gagner la statuette.

Enfin, la dernière des quatre, celle d'une femme de soixante ans, jouait une none rebelle, le tout dans un contexte qui dénonçait l'austérité et la rigidité de la religion catholique au sein d'un monastère...

La tension montait à son zénith. Elle prit la main de Kevin d'une poignée ferme et insistante en attendant le verdict.

De plus en plus nerveuse, Louise impatiente, attendait et ferma les yeux pendant le verdict.

And the winner is ...

Louise Godwin est la gagnante et la surprise de cette année, pour la meilleure actrice pour son rôle dans *Secret dans la nuit.*

Les applaudissements résonnèrent de part et d'autre dans tous les recoins de l'immense salle.

Malgré les larmes de Louise, qui ne cessaient de ruisseler sur son visage, l'actrice brillait de tout son être. Sa foi eut raison de sa victoire.

Comme quoi, la gloire pouvait être incertaine, et à la fois prévisible pour d'autres.

La gagnante se leva tout en embrassant Kevin affectueusement sur une joue, puis le regarda droit dans les yeux en lui faisant un clin d'œil.

— Bravo Louise, ma belle, dit Kevin avec un enthousiasme très apparent, puis il lui rendit son baiser complété d'une grande étreinte.

Pendant les secondes qui suivirent, Louise eut toutes les caméras braquées sur elle. Elle prit le temps de rejoindre la scène, dans des pas élégants et élancés. Sous le charme, le public continuait à l'ovationner.

Elle monta les marches pour accéder à la scène, et se positionna derrière le micro, face aux spectateurs du monde entier.

Louise était dans une confiance totale. On pouvait toutefois l'apercevoir très émue, à un degré déconcertant tant elle est à son zénith…

— Ça y est papa, je l'ai eu, dit-elle avec humour en pensant à ses proches, assurément derrière leur écran de télévision.

Visiblement retournée, elle reprit ses esprits puis cita en une courte phrase, Albert Camus, comme le lui avait suggéré son père Karl. Comme pour manifester une double consécration à l'égard de sa famille, la sienne, et celle de son père à travers les mots de cet écrivain.

— Merci à vous tous, je suis beaucoup retournée de votre choix, dit-elle encore bouleversée. Albert Camus disait « créer, c'est vivre deux fois ». Puis elle enchaîna avec ses mots bien à elle.

— Se recréer dans une histoire, dans celle d'un film, c'est donner une forme à son propre destin à celui que nous nous sommes fixé. C'est ce que j'ai voulu défendre dans ce rôle de femme au désespoir.

— Merci infiniment à vous tous, à toute l'équipe de ce film et à tous ceux qui ont cru en moi, je veux bien sûr parler de ma famille, et enfin, merci à mon agent...

Kevin pas si ému que cela resta immobile à ces remerciements. Pas un sourire... Pourquoi ?

Sur ces mots, la gagnante, Louise Godwin, salua le public, une dernière fois généreusement, et repartit avec la statuette convoitée dans ses mains, le cœur rempli de reconnaissance.

Dans le plus grand hôtel de Beverly Hills, une soirée fut réservée aux vainqueurs de la statuette dorée, une immense salle avait été entièrement décorée pour l'occasion de manière bien surprenante. Un tapis rouge longeait toute l'allée intérieure jusqu'à l'entrée de la pièce et les murs avaient été peints de blanc et toutes les rambardes de couleur rouge. Louise observait les rideaux, qui embellissaient les murs. Les producteurs en verve pour de nouveaux projets applaudissaient encore et encore chaleureusement l'arrivée des acteurs et de tous les professionnels du cinéma, de la télévision et surtout des récents oscarisés, dont Louise.

— Tout est admirablement organisé, remarqua la jeune actrice. Bien sûr, il y avait aussi la présence de personnes oscarisées des années précédentes. Cette soirée dans cet hôtel non loin du *Dolby Theater* fut l'une des plus enrichissante et intellectuellement parlant pour Louise, contrairement à ce qu'elle aurait pu entendre ou lire çà et là, dans certains médias du moment.

Durant le repas, les discussions échangées entre scénaristes, acteurs et producteurs furent très intéressantes pour l'actrice fraichement primée, qui était fascinée par la vision de ces grands professionnels du cinéma.

Les échanges tournaient autour de l'objectif sur le pourquoi et le comment véhiculer un message à travers un personnage, et ce, de manière aussi forte et intense, que celle qui est traitée pour les documentaires ou l'actualité contemporaine.

— L'objectif des acteurs et d'un réalisateur est de montrer les maux d'une société en manque d'information, dit l'un. C'est ce qu'on n'arrête pas de répéter, ajouta un autre, ancien oscarisé lui aussi et réplique :

— Il nous faut approfondir le fond du problème et en élaborer une vraie histoire, dans le contenu d'un scénario. C'est ce qui fera quoiqu'il arrive toute la différence si nous nous engageons à exposer un message fort, me semble-t-il.

Au cours de la discussion durant le repas, l'un des réalisateurs attablés, expliqua que les élus oscarisés n'étaient justement pas assez exploités, parce qu'on ne les laissait pas parler ouvertement sur leur voie, et les thèmes qu'ils ou elles ont exposés auparavant. Le milieu du journalisme ou le contexte politique ne les laissaient pas à chaque fois s'exprimer. Il fallait aussi être banquable. Mais il n'empêche que certains ont réussi à faire passer leurs vrais messages. Comme ce fut le cas avec Michael Moore qui s'est fait huer en 2003 pendant cette guerre en Irak le soir de la cérémonie... Il se retrouve dans une position bien délicate... Toutefois, il a osé, et continue sur cette voie en ayant l'Oscar entre les mains.

Un auteur répond à son tour : — certains scénaristes, sont aussi parfois bien découragés à écrire des histoires en rapport à l'actualité et s'autocensurent. C'est navrant parce que la plupart du temps ils se dirigent vers de la simple comédie pour attirer son public, et faire rêver, certainement pas pour le faire penser ou le faire réfléchir.

Puis un producteur répondit enfin : — Nous ne sommes pas assez écoutés par le pouvoir en règle générale et ce, qu'ils soient d'ordres politiques, ou religieux comme l'avait fait Mel Gibson dans le film *La Passion du Christ*. Un vrai chef-d'œuvre planétaire, qui a suscité de nombreuses réactions de la part du public. Les sujets sont trop polémiques. Mais grâce à nos films, il est possible de rectifier le tir et c'est déjà beaucoup. Nous sommes écoutés par l'opinion, le public, qui en redemande, avons ces cinéphiles à notre portée, nous pensons à eux et seulement à eux...

Louise observait avec tact cette tablée extraordinaire où la plupart des invités avaient tous une conception très humaine dont le but premier était ici d'évoquer un certain sens de l'honneur. La reconnaissance était de mise, certes, mais donner de son talent et de son temps pour un monde meilleur avait une importance capitale pour ces professionnels. Celle de défendre la cause de son film. Le cinéma avait donc toute sa place ici comme ailleurs. Louise comprit alors tout le sens réel du monde du cinéma, qui fascinait tant les gens, toujours en quête de rêve, de joie, celles de nouvelles conceptions infinies du bonheur... Dans le cinéma, on le pensait ou on le créait pour eux et ça marchait...

La vie après…

Louise savourait son histoire avec passion pour le moment. Le jeune couple se voyait plusieurs fois dans la semaine, chez l'un puis chez l'autre, en vivant l'instant présent, sans parler encore de la suite des événements. Kevin voulait Louise pour lui toute seule. Il voulait qu'elle devienne sa femme.

Elle prenait la vie de manière absolue et tout entière, il lui prédisait des lendemains différents, là où les sentiments commencent à se tisser pour l'un et pour l'autre, et ce, de jour en jour. Louise et Kevin avaient pourtant des visions bien différentes de l'amour.

Elle, aimait son indépendance, lui visait l'emprise de quelque chose d'elle, mais quoi exactement ? La fuite de quelque chose ? La fuite de quoi ?

Ils firent le souhait de partir en voyage quelques jours ensemble, histoire d'en apprendre un peu plus, l'un sur l'autre…

Les amoureux firent leur premier voyage sur l'île d'Hawaï, l'archipel volcanique, composée de forêts tropicales et de plages dont certaines présentent un sable avec des teintes noires étincelantes à la lumière du soleil.

L'actrice voyait sa vie comme un conte de fées, jusqu'à ce qu'une ombre vienne se poser, tel un simulacre vient tarir l'image du bonheur. Plus Kevin évoquait sa vie, et plus son histoire s'obscurcissait dans la noirceur. Issu d'une famille américaine éclatée, de divorcés, Kevin grandit le plus clair de son temps avec sa mère Mary, mais il n'entrait pas dans le détail sauf sur ses ex-compagnes. L'une avait été femme d'affaires et ancienne productrice de cinéma reconnue qui avait profité soi-disant de son grade à lui, pour faire avancer sa société en plein devenir à l'époque. Mais Louise était déçue, car elle n'arrivait pas à atteindre les énigmes de son passé. Rien n'était clair. Rien n'avait d'importance selon ses dires.

Kevin ne souhaitait pas parler de ses relations familiales déjà inexistantes ou personnelles, ou si peu. Il se considérait seul, sans famille depuis plusieurs années, car il avait tout quitté pour repartir sur de nouvelles bases.

Quant à ses liaisons sentimentales, il laissait croire qu'il n'avait été qu'une victime dans ses précédentes relations. Et les autres qu'avaient donc à dire dans toute ces histoires, de lui ?

Puis comme pour éviter le sujet, il déclara son amour à Louise comme pour voiler un pan de sa réalité.

— Louise, tu es la meilleure chose qui me soit arrivée. Tu es la plus belle rencontre de ma vie, dit-il, déterminé à épouser l'actrice en devenir, en secret.

— Je t'aime !

Louise lui répondit par un baiser du bout des lèvres, pas rassurée par ses mots qui étaient soudain si intenses compte tenu de la promiscuité de leur relation encore bien récente. Mais Louise se laissa entrainer par ses mots. Louise était comme hypnotisée par McGill.

Kevin posa tendrement ses doigts sur les lèvres de Louise. Il cherche son regard comme s'il voulait lui transmettre les mots d'une nuit d'été. Comme aveuglée, Louise se prit au jeu de la séduction malgré elle.

Louise se plaqua alors contre le corps de Kevin en un seul instant. Les deux anatomies se rassemblèrent, vers un plaisir que tous deux désiraient ardemment. Par ce miracle les peaux produisaient la chaleur des émotions, doux frissons de chaires, transformés par des échanges romantiques, se décuplaient comme par magie, deux corps enlacés, ne firent à présent qu'un... chacun est à la recherche du souffle de l'autre, en recherche de sens, de mouvements sublimes où l'étourdissement de leurs âmes s'abandonna tout en nuance, dans la pénombre, les deux amants se couronnèrent en extase, infinis et torrides, et ce jusqu'à la fin de la nuit...

Il y avait donc cette vie après l'Oscar... À leur retour de leur escapade amoureuse, il allait poursuivre son rôle d'agent et elle, son métier d'actrice.

Peu de temps après la remise de son trophée, Louise obtint un nouveau contrat. Elle incarnerait cette fois une jeune athlète qui deviendrait au fil de ses efforts une championne olympique, et serait entrainée par son père.

Elle allait donc se focaliser plus intensément dans un rôle cette fois plus physique avec quatre mois de tournage en Californie, proche de Pacifique Palissade. Un lieu où la réalisation se déroulerait dans un immense manoir. Ce château sera loué pour l'occasion.

L'histoire du film, basé sur les relations duo père-fille et le récit d'une future championne sportive.

Entre deux cours de boxe féminine et ses entrainements, elle se préparait à vivre une autre trajectoire dans ce nouveau personnage, le tout à la demande de la production.

Kevin de son côté était amoureux, mais en même temps rendait les choses plus difficiles pour Louise. Possessif, présent partout, trop assurément, Louise ne pouvait plus s'exprimer, respirer, ni même prendre de décision seule et surtout sans lui depuis ce retour de voyage. Elle devait lui donner raison de tout sur le plan professionnel provoquant parfois des quiproquos et des disputes.

Louise qui n'avait pas l'habitude d'un quotidien si intense dans une relation sentimentale qui devait bousculer certaines de ses habitudes. Comme celles par exemple d'être contrôlée en permanence par son agent, et son fiancé à la fois. McGill s'imposait dans tout. Parfois même il prenait des décisions ou répondait à la place de Louise sans lui laisser le temps de s'exprimer. Les cancans commençaient à frémir dans les couloirs du tournage...

Kevin McGill lui, pensait bien faire, pour lui il faisait son travail d'agent, en y mettant beaucoup d'énergie pour son bien à elle, mentionnait-il. Mais il mélangeait du tout au tout et se prenait tout de très haut en disant :
— Louise n'est pas capable de prendre des décisions toute seule, en s'adressant aux autres. Son côté exubérant agaçait l'équipe du tournage et Louise ne le saurait que bien plus tard...

D'un côté, Louise voulait et souhaitait que l'on s'occupe d'elle certes et elle était bien servie ; cependant, elle avait mis ses parents et amis à l'écart, et ce depuis cette fameuse soirée, sous les influences de Kevin sans s'en rendre vraiment compte. Le problème est que tout prenait des proportions démesurées aveuglément, et surtout dans son contexte familial et amical.

Les Godwin s'inquiètent

Les semaines se passent et l'éloignement et le manque de nouvelles de Louise rendaient les Godwin très inquiets. Ils devaient accepter la situation, à comprendre le comportement de leur fille et de cette proximité passée qui leur était si chère. Ils se posaient une multitude de questions :

A-t-elle changé à ce point avec nous, depuis qu'elle avait reçu ce trophée pour nous mettre volontairement à l'écart ?

Est-ce que ce McGill l'influençait de trop ?

Est-elle vraiment heureuse en dépit de ce qu'elle nous raconte ?

Comment est-ce possible, cette absence injustifiée ?

Louise tardait à répondre aux messages vocaux, et aux appels téléphoniques de ses parents par manque de temps selon Kevin.

La distance que prenait Louise vis-à-vis d'eux était malheureusement évidente. Elle ne se présentait pas ou plus aux célébrations familiales *Shabbat,* ou les autres fêtes juives parfois célébrées comme la communauté juive fête dans l'ordre des choses, *Roch Hachana, Souccot, Kippour...*

Pourtant avant, elle y participait avec joie...

Les choses avaient définitivement bien changé depuis cette nuit de fin du mois de Février...

Les journées, les semaines, se suivaient et Louise ne se ressemblait plus, subissant une pression de la part des productions demandant beaucoup de temps et d'énergie pour le prochain film et surtout provenant de Kevin. Louise avait atteint un statut important dans le milieu du cinéma, qu'elle ne souhaitait perdre et y était consacrée quasiment à temps plein, depuis cette fameuse cérémonie.

Mais devant les appels persistants de ses parents, où elle discernait clairement leurs inquiétudes, avec l'accord de Kevin toujours, elle les contacta pour les rencontrer et surtout pour leur présenter son agent et amoureux, McGill.

Les parents de Louise étaient à présent obligés de passer par l'intermédiaire de Kevin pour parler ou voir leur fille. La chose la plus incroyable qui leur soit arrivée. Dans la communauté juive, rien ne se passe sans la famille. Rien ne devrait être ainsi... La solidarité d'une famille telle que la leur se mettait à l'épreuve.

Louise était déjà prise dans un tourbillon d'amour aveuglé, de manipulation subtile sans se rendre vraiment compte des conséquences. Louise était en train de perdre les liens de bases et les plus indispensables à son existence — la Famille.

Les Godwin ne reconnaissaient plus leur fille. C'était pour eux une humiliation naissante au sein des leurs. Comme si ces silences en disaient long sur l'ignorance même de toute la communauté juive.

Était-elle d'ailleurs consciente ou non de la situation ? Peut-être était cet homme qui la rendait si différente ?

L'amour peut-il parfois nous faire perdre la tête ? Mais est-ce le cas au point d'ignorer ses racines, son sang ?

— Est-ce l'éducation qu'elle a reçue de nous ? Est-ce que nous sommes à présent des étrangers pour elle ?

Après maintes plaintes et demandes de Karl et Betty, quelques jours plus tard, Louise prit le temps d'une soirée pour passer du temps avec eux en compagnie de Kevin…

Le temps paru long, très long pour les parents de Louise, qui ne l'avaient pas revue depuis la réception de son trophée.

Louise était devenue plus distante depuis son dernier voyage à Hawaï, plus égoïste aussi selon eux, ne voyait plus que Kevin à travers son regard éperdu ; à cet homme venu de nulle part…

Louise se réjouissait au fond de son âme de revoir ses parents en la présence de Kevin. Elle s'était arrêtée dans une boutique du dernier cri, pour y prendre quelques chocolats et une bouteille de champagne et leur offrir dès leur arrivée.

L'actrice manquait d'énergie ces derniers temps, et était épuisée par son nouveau rôle d'athlète. Son moral un peu à la baisse en supplément.

Mais, en même temps elle sentait le besoin de revoir sa famille à qui, elle savait bien, leur avait caché sa nouvelle vie amoureuse d'une certaine manière, avait pris ses distances par doutes, depuis qu'elle avait reçu son Oscar. Louise savait qu'elle allait peut-être en payer le prix. Mais lequel ? Avait-elle un choix à faire ?

L'amour pour Kevin lui donnait des ailes et à la fois elle n'avait plus le contrôle de sa nouvelle vie avec lui…

Et puis il y avait la réalité sur le plan familial ou des obligations restaient à concevoir surtout dans sa famille. D'une part, par respect pour ses proches et d'autre part, pour l'éducation qu'on lui a donnée. Louise était avec cet homme, qui n'était pas croyant, encore moins pratiquant.

Louise se laissait aller et tentait d'appliquer un certain lâcher-prise, mais elle avait des craintes, dont certains conflits éventuels, entre Kevin et ses parents qu'elle pressentait qui ne le connaissait pas encore. Elle se sentait à la fois, responsable et aussi coupable de ce retrait, vis-à-vis de ses proches et de l'autre, elle pensait être redevable de quelque chose vis-à-vis de Kevin, dont elle était visiblement amoureuse, et dont elle ne pouvait plus se passer.

Pourquoi ?

C'est comme si Louise était sous l'emprise de ce dernier, comme prise au piège indirectement par le *prix* lui-même et à la fois par l'homme Kevin McGill et son agence de casting qui lui avait trouvé ce premier rôle et qui lui a valu cette dernière récompense…

Coupable aussi de ne penser qu'à sa carrière par cette reconnaissance professionnelle.

Louise revoyait en flash-back, ses parents venir encore la saluer le soir de sa nomination, et de la fierté qu'elle représentait pour eux. À leur arrivée, Louise fut très touchée de les revoir, et eut les larmes aux yeux. Elle qui ne les avait pas vus depuis plusieurs mois…

Betty et Karl les accueillirent tous les deux chaleureusement sans jugement, sans dire un mot plus haut que l'autre.

Une autre surprise attendait Louise. La venue d'Olga, sa meilleure amie, qui sortit de sa cachette pour venir la prendre dans ses bras et l'embrasser tendrement.

Louise n'en revenait pas, des sanglots de joie et de tristesse à la fois par cette culpabilité insupportable, et ce cri du silence, créèrent un autre éclat et de prise de conscience à ce début de soirée qui promettait d'être surprenante.

Kevin de son côté, semblait hagard, un malaise sombrait son visage en voyant Louise heureuse entre les bras de ses parents.

Il était jaloux, et on ne savait pas grand-chose de lui. En fait quasiment rien, si ce n'est qu'il est avec Louise, et qu'il est son agent.

L'instant suivant, Karl jeta un regard sans concession à l'égard de Kevin. Un regard perfide comme pour défendre son camp.

Louise faisait à présent les présentations entre tous, sans attendre un réel retour spectaculaire de la part des Godwin qui accueillaient Kevin dignement, mais sobrement.

Louise observa la grande table préparée par les soins de sa mère, qui avait une fois de plus décidé de fêter *Shabbat,* une célébration qu'elle n'avait plus commémorée depuis un long moment.

Betty, sachant que Kevin n'était pas pratiquant ni Juif d'origine, exposa ce soir-là, tous les plats et boissons typiques de cette fête hebdomadaire, comme pour présenter à celui-ci un rituel familial qu'il ne connaissait pas.

Louise, Betty et Olga allumèrent deux bougies chacune sur le bord, puis firent les prières de circonstances avant de prendre place à table avec les hommes.

Une fois les célébrations commencées, Kevin prit la parole.

— Une surprise vous attend ce soir, annonça Kevin comme pour marquer sa présence, jusqu'ici demeurée discrète.

Louise le regarda avec de grands yeux interrogatifs, attendant ce qu'il avait à annoncer.

— J'ai une demande à faire, dit-il, d'un ton confiant en regardant Karl Godwin droit dans les yeux.

— Mais que se passe-t-il ? demanda Karl, surpris.

— Je viens vous demander la main de votre fille, monsieur Godwin. Accepteriez-vous de me la donner ?

Cette annonce totalement imprévue mit à mal toute la tablée familiale.

Kevin avait joué une nouvelle carte pour obtenir un peu plus d'attention sur lui ? Se mettant en vedette devant tous, sans même en parler préalablement à sa dulcinée ?

Louise stupéfaite mit ses deux mains devant sa bouche sans dire un mot, attendant la réponse de son père...

— Papa dit quelque chose, dit-elle

Karl Godwin ayant gardé le silence pendant un moment et avant, que ce dernier puisse formuler une réponse, à la demande de McGill de sa fille, Kevin poursuivit, en lui relatant des arguments qui pourraient plaider en sa faveur. Encore une fois Kevin ne laissait pas place à la parole à qui que ce fût.

Il poursuit alors son discours et ses raisonnements...

— En fonction de mes recherches, il est indiqué que dans vos traditions juives on fait part de la demande en mariage au père de la famille. En tout cas, c'est ce que j'ai lu. On mentionne aussi que la mère de la future mariée est également la personne à qui l'on remet la bague de fiançailles. Est-ce que je me trompe, madame Godwin ?

Jouant sa dernière carte, celle de l'émotion, celui-ci ajouta enfin :

— Je suis prêt à tout pour épouser votre fille, monsieur Godwin. Je l'aime et je voudrais la rendre heureuse.

Et sans attendre que le père de Louise prenne la parole, il sortit une boîte blanche de sa poche, puis la remit entre les mains de Betty, la mère de Louise.

Karl Godwin répondit alors :

— Je vois que tout était bien préparé, mais sachez que je trouve cette demande un peu rapide mon cher Kevin comprenez bien. Ne pensez-vous pas qu'il faudrait en premier lieu consulter ma fille avant de me faire cette demande ?

— Mais papa, j'accepte volontiers, dit-elle en souriant et surtout sans réfléchir…

Là est bien le mot. Louise avait vraiment perdu la tête.

Pour Louise cette requête était une surprise, mais elle était heureuse et consentante de cette prochaine union. Elle vivait des instants passionnés et cette marque d'affection supplantait tout le reste. Pourquoi aurait-elle refusé ? Pourquoi avait-elle accepté ?

Betty ayant la boite contenant la bague en main se tourna vers sa fille.

— Es-tu vraiment heureuse ma fille ? Penses-tu vraiment faire ta vie avec Kevin ?

— Oui, maman. Je le veux.

Betty donna à sa fille la boite contenant la bague, comme c'est dans la tradition.

Louise la sortit de son emballage, la regarda un instant, puis embrassa Kevin d'un baiser tendre et romantique.

Poursuivant les coutumes, Betty prit son assiette et la brisa devant tous avec force en criant :

— *Mazel Tov !* Si tu es heureuse ma fille, va !

Louise qui regardait sa bague, la tendit à Kevin qui s'empressa de lui mettre au doigt, et de l'embrasser à nouveau. Le repas se poursuivit dans une ambiance festive et les applaudissements de toute la tablée se firent entendre.

Pendant le repas, Louise exposa des anecdotes de son dernier tournage avec un acteur vedette, qui joue son père qui plaisante à tout va entre les prises. ...

Elle relatait par ailleurs le fait que son entente avec cet acteur était formidable et que le film serait un très beau film. Louise évoque également, ses séances de boxe féminine, plus physiques qu'émotives, cette fois.

Très différent du précédent tournage de *Secrets dans la nuit,* et très organique surtout.

— Avec ce rythme et cette endurance, dit-elle, je suis parfois essoufflée de devenir une vraie championne. Mais l'histoire est belle, et me donne beaucoup d'énergies positives dans ma vie. Je ne me plains pas. J'ai du travail et une vie bien remplie, conclut-elle en souriant.

Concernant sa vie avec Kevin, elle ne dit pas un mot là-dessus devant sa présence et reste à l'écart.

Louise n'était plus leur petite fille d'avant. Karl et Betty se regardèrent et le constatèrent. C'était comme si Louise avait grandi d'un seul coup sans qu'ils s'en rendent compte.

Puis, Olga prit la parole. Elle questionna Kevin, sur ses origines, sa vie, son métier d'agent, sa société de castings. La complice de Louise, curieuse, souhaitait en savoir davantage sur l'homme qui allait épouser sa meilleure amie.

Kevin évita le sujet et de répondre directement à ces questions et déclara :

— Pourquoi ne pas profiter de notre soirée et célébrer la bonne nouvelle de notre union prochaine ?

Olga peu convaincue et désenchantée de cette réponse leva tout de même son verre en guise d'approbation à cette nouvelle.

Louise et Kevin reprirent sur le chemin du retour vers Malibu dans leur lieu d'habitation.

Olga, elle avait l'impression d'avoir perdu une grande amie. Pour Karl et Betty, c'était la même chose. Ce sentiment d'avoir manqué leur fille depuis ce soir…, depuis des mois en fait et dorénavant à jamais…

La soirée se termina avec une impression de non-dit, de frustrations et des rapports plus formels que familiaux. La famille de Louise et Olga furent tous déçues, mais tout de même heureux pour elle, de voir Louise dans son nouvel élément.

Incidences

Louise continua son chemin avec Kevin et termina son tournage, sans se préoccuper des conséquences et malaises qu'avait pu sembler provoquer ce repas familial. L'actrice se disait qu'elle prenait son élan et qu'elle vivait une nouvelle vie et que ses parents devraient l'accepter à un moment ou un autre. Son père Karl lui avait apparu réticent face à son choix d'époux.

Étant donné que Louise provenait d'une famille juive ashkénaze de l'Europe de l'Est, les familles de cette communauté venant plus particulièrement d'Allemagne avaient, un, voire plusieurs protocoles à suivre pour la célébration du mariage. Ce qui ajoutait des difficultés au marié pour se conformer aux différents rituels de la famille Godwin.

Traditionnellement, les futurs époux ne se rencontrent pas pendant la semaine qui précède la cérémonie. Pendant celle-ci ils se retrouveront sous une sorte de tente ouverte, appelée la houppa.

Le jour du mariage, lorsque les invités sont arrivés, le marié entre dans la pièce où se trouve la future épouse, qu'il ne voit pas tout de suite, celle-ci est recouverte d'un voile pour symboliser son devoir de protection, avant de tourner sept fois sur elle-même et de se découvrir face à son bien-aimé...

Ensuite l'époux passerait l'anneau au doigt de son épouse avant de se le mettre lui-même. Il s'agirait là du moment central de la cérémonie...

L'acte de mariage est ensuite lu en araméen. Deux témoins doivent le signer pour lui donner une valeur légale.

Voici, une tradition très ancrée dans la culture juive suit la lecture de la Ketouba qui est le brise verre. Le marié devra donc, briser une flûte avec son pied pour se rappeler la destruction du temple de Jérusalem...

Autant les parents de Louise souhaitaient le bonheur de leur fille unique, autant les autres rituels traditionnels évoqués, ne seront appliqués dans leur totalité, parce que Kevin les refusait presque tous en bloc.

Louise se sentit incomprise de cette réaction soudaine à laquelle elle ne s'attendait pas, prit à part Kevin afin de communiquer avec lui et évoquer ensemble la question et de l'importance de ce rituel chargé de sens profonds pour elle et ses parents...

Pour lui le sujet était clos.

Pour elle, et avec ce qu'elle avait vécu auparavant, elle souhaitait ce mariage soit plus symbolique, mais il n'en serait rien ou peu en fonction de ses demandes.

— Kevin, je ne comprends pas ce qui te pousse à refuser ceci. Pourquoi ce rejet soudain ?

— Nous vivons en Amérique, alors célébrons à l'américaine, réplique-t-il sèchement.

Vu les refus de Kevin, Louise se conforma aux souhaits de celui-ci, et le mariage se déroulerait sans festivités juives et hors des traditions familiales.

Kevin McGill

Kevin est californien pure souche, né à San Francisco, espiègle candeur, malicieux. Il est un bel homme, propre, élégant, sportif comme de nombreux Californiens, et donne beaucoup d'énergie et attention à son image. Les cheveux châtain foncé, les yeux marrons, le teint hâlé une partie de l'année et les dents blanches. Ami des stars de cinéma et des plus grosses productions d'Hollywood comme ailleurs, a monté une agence d'acteurs depuis une dizaine d'années… Personne ne sait pas trop d'où il vient, tant les liens avec ses proches sont peu nombreux ou trop mystérieux, et certes, il raconte très peu de sa vie à Louise. Personne ne savait vraiment qui il était et d'où il venait.

McGill était en train d'éloigner Louise de ses racines et de ses proches sans qu'elle s'en aperçoive ?

Autant il a pu être doux pendant l'intimité avec elle, autant il changeait de comportements et passait d'une facette à l'autre, d'un état joyeux à celui d'une profonde tristesse, dès que Louise entamait une discussion plus personnelle. Ses gestes et comportements étaient énigmatiques.

* *
*

Kevin allait apparaitre sous son plus mauvais jour. Il entra dans sa salle de bain de la maison de Malibu, et referma la porte derrière lui discrètement…

Il prit une amphétamine située au fond du tiroir du lavabo, comme pour se calmer de sa récente discussion avec Louise et partit dans un délire, réel…

Un autre Kevin se profilait cette fois au grand jour en secret :

— À présent, j'ai gagné. J'ai réussi à la posséder un peu, mais pas encore totalement se dit-il encore insatisfait.

Ce Kevin McGill là, calcule et manie sa proie dans le moindre détail.

Il y pense, ensuite, et il s'en pourlèche d'avance sur son plan de match, sa prochaine étape à suivre, celui de capturer sa proie qu'il veut pour lui tout seul, et peu importe son prix. Ou si, le prix sera l'Oscar…

Kevin est-il ainsi ? Drogué, tout est calcul dans son esprit depuis le début de leur rencontre.

D'abord, il envisagea les Oscars, se mettant à l'intérieur de lui-même comme si cette victoire lui était attribuée à lui personnellement. Et pour cause Kevin cachait sa vraie personnalité...

Il se donnerait donc les moyens et l'apparence d'un être supérieur aux autres et ressentait un besoin exacerbé reconnaissance, et de se faire admirer par Louise, par tous.

Dans son délire en usant de cette drogue, il se rappelait soudain avec ironie les fois où il a joué lui-même, tel un vrai comédien, un sauveur, en voulant protéger Louise de Lancaster, son ex-compagnon, le soir de la cérémonie...

Puis il rit encore de cette séquence qui fut jouissive.

— Embrasser une femme qui a peur, c'est la chose la plus extraordinaire, ressent-il dans un élan, tel un psychopathe.

Il veut manipuler encore, l'entourage et les proches de Louise par vengeance ? Comment posséder la maison par héritage de la future mariée, et ce en cas de divorce au cas où, et parce qu'il gagne moins bien sa vie que sa compagne ? Voici, une autre ombre sur le tableau de Kevin McGill.

La prochaine étape, sera de créer des conflits entre Louise et sa famille sans rien laisser au hasard, fit-il en souriant à cette éventualité.

Puis il pensait. Et se dit enfin : — je serai un homme heureux...

La panacée fit largement son effet sur la perversité de ses sentiments. Jouait-il un rôle ce fameux soir, sur l'île Hawaïenne, où il avait obtenu gain de cause sur sa fiancée en lui faisant l'amour le mieux possible ?

— Qu'est-ce qu'elle est belle et naïve à la fois, je n'ai jamais vu une fille aussi rayonnante, talentueuse, et à la fois stupide. Cette fille je la veux, et je l'aurai et je la détruirai...

Louise quant à elle, était ailleurs, hors de sa maison de Malibu dans les préparatifs de son mariage surprise qui allait trop vite.

Dans sa folie et dans son déséquilibre, Kevin reprit ses esprits trente minutes plus tard. Il avait retrouvé son calme, puis il sortit de cette salle de bains, et repartit vers le chemin de son bureau comme si de rien n'était...

Le mariage

Ils étaient magnifiques en cet après-midi de juillet où la chaleur était à son apogée.

Louise était très élégante vêtue d'une robe beige, longue, avec un décolleté où l'on apercevait son dos nu. Elle portait des accessoires blanc cassé, notamment un collier de perles et des chaussures imprimées du même tissu que sa robe.

Quelques acteurs et producteurs de cinéma et plusieurs membres de la communauté juive avaient été invités pour cette occasion.

Pour la première fois, Louise rencontrerait la mère de Kevin, appelée Mary. L'unique membre de sa famille présent à leur mariage. Pourquoi ?

Le tandem mère-fils en mettait plein la vue, lui portant un costume clair en lin assorti aux couleurs de sa fiancée et sa mère, une grande blonde arborant une superbe robe bleu pastel.

Louise était heureuse de voir la tenue de Kevin, en harmonie parfaite avec la sienne. Betty et Karl Godwin s'étaient occupés de la réception en préparant un immense buffet composé de mets multiples.

La table d'honneur était ornée de pétales de roses et de fleurs de lys ainsi que de plusieurs chandeliers argentés, où étaient réunis les mariés et leur famille ainsi qu'Olga la meilleure amie de Louise.

Betty et Karl se lançaient des regards impuissants et semblaient avoir de la difficulté à dissimuler leur déception face aux comportements de Kevin. Celui-ci se levait très souvent de table pour aller discuter avec d'autres personnes, dont des acteurs invités. Et ce, sans porter attention et à inclure son épouse dans ces déplacements, la laissant tout simplement à l'écart. Quant à Mary, la supposée mère de Kevin, elle ne parlait à personne.

Afin d'alléger l'atmosphère, Karl tentait de tenir la conversation avec sa fille.

— Comment vas-tu ma chérie ? Es-tu satisfaite de ta cérémonie ? Es-tu heureuse, ma fille ? Je m'alarme de savoir si…

— Je vais bien, papa ne t'inquiète pas. Et oui je suis heureuse, lui dit-elle d'un ton vague.

Karl sentait que quelque chose n'allait pas chez Louise. Il se leva et alla à la rencontre de Kevin pour lui suggérer gentiment de ne pas oublier Louise, la mariée, assise toute seule à la table.

Kevin vint rejoindre Louise et l'entoura de ses bras avant de l'embrasser tendrement, comme pour se faire pardonner son attitude.

Puis celui-ci se releva de table et annonça à l'auditoire qu'il allait tenir un discours.

Kevin, mit en louange et à l'honneur, sa femme fraichement oscarisée.

— Je suis un homme heureux, grâce à ma mère depuis ma naissance, et puis aujourd'hui grâce à Louise qui n'est pas seulement une femme de cœur, mais aussi une grande professionnelle du cinéma. Elle nous l'a prouvé d'ailleurs en gagnant la statuette attendue.

Les invités ravis applaudirent tous en même temps.

Certaines jeunes femmes inconnues au bataillon, ne manquaient pas de se regarder, de chuchoter entre elles, et de mentionner la beauté voire le charisme de Kevin…

Celui-ci poursuivit avec des éloges sur ces deux femmes comblant sa vie. Dont l'une d'elles, Mary sa mère, demeurait bien mystérieuse pour les invités, étant à sa première apparition publique avec Kevin, et surtout, la dernière…

Un peu plus tard, un peu plus en retrait des autres discussions, Kevin est de nouveau à discuter seul avec les invités.

Olga Marchini remarqua pendant plusieurs longues secondes, les yeux de Kevin rivés sur elle, dans un regard longeant toute sa silhouette… Olga qui s'étonne de voir cette insistance, sur sa personne et plus particulièrement sur son décolleté, se demanda d'abord si le marié allait bien.

Puis le voyant préciser sa vision sur sa poitrine, Kevin s'approcha un peu plus vers Olga, il était visiblement imbibé d'alcool, il lui lança un clin d'œil dans la foulée.

— Tu es très belle, Olga, bredouilla-t-il.

— Tu es ivre Kevin. Tu oses me dire cela tout en me déshabillant du regard ? Le jour de ton mariage avec ma meilleure amie ? J'espère que Louise ouvrira les yeux le plus vite possible sur ta personne lui crache elle.

— Je ne t'aime pas Kevin. Je ne sais pas qui tu es et ni d'où tu viens. Tu arrives comme si tout t'était dû en nous imposant ta seule famille : ta mère. Je t'observe depuis le début de votre relation, et encore plus depuis le début de cette journée, et rien ne me fait croire en ton amour pour Louise, en réalité ! Je ne sais pas ce que tu veux et ni ce que tu cherches, mais moi, je m'en vais, d'ici. Assez pour moi, annonça-t-elle.

Elle prit le soin de dire au revoir à Louise, prétextant un malaise, dit au revoir aux parents Godwin, à quelques convives qu'elle connût, prit ses affaires et quitta la soirée discrètement…

Seul Karl qui avait vu la scène de loin, sans savoir réellement ce qui s'était dit ou réellement passé, courut rejoindre Olga à la sortie de la salle de cérémonie.

— Olga ? Pourquoi pars-tu comme ça ? S'est-il passé quelque chose ?

— Je ne veux pas en parler Karl. Je suis très mal à l'aise… dit-elle d'un ton colérique. Cette union n'est pas à la hauteur de Louise qui ferme les yeux sur tout tant elle est aveuglée par cet amour.

— Je ne m'y ferais donc pas.... Tout ceci n'est que mascarade Karl. Kevin n'est pas un homme pour elle ! Je ne suis pas non plus une poupée d'un soir qui se laissera courtiser par un homme fraichement marié devant ma meilleure amie. Cette situation m'est impossible à vivre et inacceptable, ni devant Louise ni devant personne d'autre d'ailleurs. Je suis vraiment désolée Karl, mais je te demande de garder le silence cette fois-ci. Louise est aveuglée par cet amour, et tant qu'elle n'ouvrira pas les yeux je ne pourrai rien pour elle.

Je dois partir, et je demande le respect, et non des avances de la part d'un homme supposé aimer sa femme. Je suis furieuse contre Kevin, dit-elle comme pour accentuer ses propos et ces comportements.

Olga très tourmentée par ses émotions quitta les lieux promptement, le cœur serré et rempli de déceptions.

* *
*

Durant les festivités, l'attitude de Kevin commençait à devenir troublante depuis le départ du témoin de la mariée…

Ses assiduités auprès d'autres femmes se poursuivirent…

Certaines invitées venues de nulle part n'hésitaient pas à s'introduire dans le cadre de la soirée, en caressant la cravate du marié, à l'embrasser sur le coin des lèvres, tel un enterrement de vie de garçon. Ce mariage devenait une veillée ambulante au fil des heures et surtout une séance de drague, le tout en prétextant soi-disant le bonheur de Louise à tout va.

Karl de son côté revint dans la salle, après la courte discussion avec Olga, partie de la soirée.

Puis voyant des inconnus rentrer dans cette soirée privée, à son tour, il lui prit l'envie de prendre sa fille par le bras, et de partir de cette cérémonie avec elle et Betty.

La contrariété et une nouvelle amertume se firent ressentir pour Karl et Betty.

— Louise, nous sommes là si tu as besoin. On doit partir maintenant... ta mère est très fatiguée...

Louise qui montra un signe de contrariété embrassa tendrement ses parents sur le point de partir.

Les Godwin décidèrent de saluer tendrement leur fille unique, sans montrer leur désarroi auprès d'elle, ni auprès des invités, ni du marié.

Ils partirent à leur tour discrètement, sans rien laisser paraître devant elle, et sans saluer le marié visiblement très occupé.

Peggy Moon

Karl n'aimait pas ce qu'il avait vu avant et pendant la cérémonie. Il n'aimait pas l'éloignement et les changements qu'il avait remarqués au sujet de sa fille. Il n'aimait pas ce qu'Olga lui avait raconté. Il était inquiet pour sa fille et souhaitait en savoir un peu plus sur son mari trop discret sur son passé dans des comportements franchement insociables et désagréables.

Il connaissait une journaliste du *New York Times*, Peggy Moon, une personne de renom pour mettre certaines choses en lumière. Et c'est pour le moment la seule chose qu'il pouvait faire pour sa fille.

Karl l'avait rencontrée à l'époque où lui travaillait au même endroit. Il voulait lui demander conseil et l'embaucher pour qu'elle effectue des recherches privées sur Kevin.

Spécialisée dans le journalisme d'investigation et notamment celui des faits divers, elle était reconnue pour son efficacité et pour ses connaissances implacables en matière d'expertise.

En plus de son travail, elle a fait de nombreuses recherches à la demande de la police et pour d'autres cabinets d'avocats qui lui demandaient plus d'informations pour leurs clients.

Ayant déjà couvert plusieurs affaires au sein de l'actualité traitée notamment sur des faits divers, ensuite, Peggy Moon est restée, le plus souvent dans l'ombre afin de pouvoir résoudre certaines affaires, entre autres, soit dans la vie de plusieurs célébrités soit pour des anonymes.

Vietnamienne d'origine, plutôt petite et fine, Peggy Moon avait les cheveux noirs au carré et un regard intelligent,

Cette femme démontrait une certaine discrétion dans toutes ses activités, et arrivait à chaque fois à ses fins et avec minutie dans tous ses dossiers .

Karl Godwin prit rapidement un rendez-vous avec elle.

Postée à la porte de son bureau, Peggy Moon était prête et à recevoir son ancien collègue, Karl Godwin dans les locaux du *Los Angeles Times.*

— Bonjour, Karl, ça me fait bien plaisir de te revoir, lui dit-elle au moment de l'arrivée de celui-ci. Je n'avais pas eu de tes nouvelles depuis ton départ du journal, voici plus d'une décennie. Ce n'est pas ton genre de venir demander de l'aide en matière d'enquête. Tu n'as pas d'ailleurs, si je me souviens bien, tu n'as jamais rien demandé à personne.

— Oh, tu sais à l'époque j'étais un simple reporter qui faisait ses enquêtes tout seul Peggy. J'avais à ma disposition tous les éléments pour le faire. Aujourd'hui c'est bien différent tu sais, lui répond Karl.

— Si tu viens me rencontrer pour me demander conseil, je présume que c'est quelque chose d'important.

— Oui Peggy, j'aurais besoin de ton aide et surtout d'y voir plus clair dans la vie de ma fille qui vient de se marier, lui avoua-t-il hésitant.

— Mais, c'est formidable ! Toutes mes félicitations à ta fille de ma part.

Voyant les traits du visage de son ancien collègue Karl, elle freina son enthousiasme, percevant bien qu'il n'y avait rien de formidable dans cette nouvelle.

— Ma fille a épousé son agent de casting, Kevin McGill. Tout s'est passé très vite. Trop vite. Et pour te dire la vérité, je me sens responsable d'avoir autorisé ce mariage express, et donné la main de ma fille à cet homme, que nous ne connaissions pas, ou si peu. Nous ne savons quasiment rien sur lui. Nous ne savons pas où il était avant et il a très peu de famille. Tu vois, au mariage, il y avait seulement la présence de sa mère. Et celle-ci est demeurée silencieuse toute la soirée. Il n'y avait non plus aucun air de famille. Qui est-elle ? Nous ne le savons pas non plus. C'est à se demander si elle l'est pour de vrai ?!

— Depuis quand Louise a rencontré Kevin McGill ? demande Peggy Moon.

— Depuis un an à peine. Depuis le jour où elle a changé d'agent. Ils se sont mis ensemble le soir des

Oscars, et ne se quittent plus depuis… Certes, nous laissons une certaine liberté de vie, à Louise. Cependant, nous pensons qu'elle est très amoureuse et à la fois aveuglée par la réalité de sa relation… Je me sens coupable d'avoir donné la main de ma fille.

— Que s'est-il passé au mariage Karl ? demande Peggy Moon.

— Kevin ne parle pas, il est apparu comme cela, dans la vie de Louise qui a gagné un trophée et à partir de là, ils sont devenus un couple… Tout ce que nous savons, c'est qu'il a une société de casting, que ses parents sont divorcés et c'est tout. Enfin, il refusait de répondre aux questions qui lui étaient posées durant la soirée et le repas, en famille. C'est-à-dire le jour où Kevin a demandé la main de ma fille par surprise. Un piège pour nous.

Tu sais Peggy, il m'a fallu prendre rendez-vous avec notre fille auprès de McGill, car elle ne répondait plus à nos appels. J'ai dû insister pour la, ou les, voir. C'est un monde non ? Louise, qui a donc cessé de donner de ses nouvelles, nous a présenté Kevin, seulement lorsque celui-ci l'a demandé en mariage, et ce, dès notre premier repas familial.

D'autre part, il n'a pas du tout respecté les traditions de notre famille et les a refusées en bloc.

Comme par enchantement, la mère de Kevin est apparue seulement le jour du mariage. Cette femme supposée être sa mère ne lui ressemble pas. Il n'y a même pas un air de famille entre le fils et la mère. La voyant si jeune, pour être la mère d'un garçon tel que lui ? Ce n'est pas clair pour moi Peggy…

Durant le mariage il s'est comporté comme un goujat en laissant seule la mariée à la table d'honneur. Il ne s'est pas occupé d'elle durant toute la soirée...

Puis, et enfin, pour couronner le tout, il a courtisé Olga, le témoin de notre Louise. Olga également meilleure amie de notre fille. Celle-ci est partie de la soirée à la suite d'une altercation avec le marié.

Je me sens impuissant face à cette situation bien délicate et je ne peux pas faire grand-chose sauf te demander de faire une enquête privée sur lui, car mes doutes ne font qu'augmenter.

Louise est adulte certes, et elle a fait le choix de vivre avec cet homme. Mais nous pensons qu'elle est sous son emprise et quelque chose ne va pas. Cette situation est totalement incompréhensible pour nous. Notre fille unique semble aveuglée ou contrôlée par cet homme. Qui ne dit rien, ou peu de son histoire personnelle ou familiale. Que dois-je faire, Peggy ? Mon épouse et moi avons le sentiment d'avoir perdu notre fille depuis ce mariage et bien avant d'ailleurs. Je flaire qu'il a quelque chose de malsain dans la relation entre Louise et Kevin. C'est pour toutes ces raisons que je suis venu te demander conseil et aussi pour te demander de faire discrètement une enquête sur cet homme.

Peggy Moon garda le silence pendant quelques minutes, et pensa à ce qu'elle venait d'entendre, tout ce que Karl venait de lui révéler...

— D'abord, fit-elle, je suis sans voix du contenu de tes confidences Karl. Et aussi vraiment désolée à la lumière de ce que tu m'as raconté. Cet homme a certainement des choses à cacher, mais on ne le sait pas, car là encore avancer des propos ou des faits est prématuré. Je vais amorcer mes recherches sans tarder et essayer de trouver des informations sur sa personne et sur sa société de casting.

Elle poursuivit en demandant à Karl Godwin de lui fournir le plus de renseignements possibles sur Kevin, adresse de son agence et son domicile, sa date et son année d'anniversaire s'il les connaissait, photographie récente, etc. ... toutes informations pertinentes pouvant l'aider à amorcer l'enquête.

— Tu dois savoir que je prends cela très au sérieux. Je débute immédiatement et dès que j'ai quelque chose de concret, je t'en ferai part. Si des faits nouveaux se produisent ou bien des informations supplémentaires te parviennent, contacte-moi.

Karl se sentait soulagé par les propos de Peggy Moon. Il quitta son bureau confiant, car quelque chose de positif et de concret allait se produire, et que son ancienne collègue allait tirer cette histoire au clair.

Déménagement

C'est chez Louise que le couple demeurerait.

Karl et Betty se réjouissaient d'en savoir un peu plus sur le marié, quand ils virent l'appartement de Kevin pour la première fois.

Les Godwin prêtaient même assistance à Kevin pour l'aider dans son déménagement. Ce qui permettait aussi à Karl, son père d'observer de plus près le conjoint de sa fille non sans inquiétude.

Il vivait dans un endroit froid, impersonnel en définitive, à son image. Les murs blancs étaient presque vierges, sans toile, sans photographies reliant sa vie personnelle à Louise ou même à sa mère. Aucune trace de son amoureuse, *l'amour de sa vie,* avait-il dit à leur mariage. À peine une simple table avec deux chaises et un canapé bleu marine. Seulement quelques clichés professionnels ornaient le salon.

Sans dire un mot plus haut que l'autre, la vigilance de Karl était toujours de circonstances, malgré ses suppositions encore très floues.

Pendant la corvée du déménagement, de manière courtoise, Karl engagea la conversation avec l'amoureux de sa fille.

— Vis-tu dans cet appartement depuis longtemps, Kevin ?

— Depuis plusieurs années, répondit-il de manière évasive.

— Le quartier à l'air sympathique. Comment sont les voisins ? Karl souhaitait en savoir un peu plus.

— Je ne les connais pas vraiment. Je passe à peu près tout mon temps au bureau pour oublier mes soucis personnels. Attentif à la réponse de Kevin, Karl poursuivit ses questions.

— Tu as des problèmes personnels, Kevin ?

— Non Karl. Ma mère, Mary, vit à Vancouver et je la vois peu, et mon père avec lequel je ne communique plus du tout, depuis bien longtemps, fait que, je me suis voué à mon métier. Seule, ma société de casting répond — il, est au moins en position de force, et ce aussi depuis l'arrivée de Louise dans ma vie.

— Ta mère étant absente et si loin, nous pouvons comprendre ton désarroi. Si tu veux en parler, Kevin, Betty et moi sommes là. Et puis, il y a Louise.

Kevin remercia Karl d'un signe de tête et dit :

— J'y penserai à l'occasion Karl ! Merci dit-il froidement.

La discussion s'arrêta là. Les tâches du déménagement se poursuivaient et les deux hommes semblaient n'avoir plus rien à se dire.

* *
*

Karl Godwin avait toujours en tête Peggy Moon et leur dernière discussion ensemble. Il n'avait pas toujours pas de nouvelles depuis leur dernière rencontre.

Pas de nouveauté non plus de son côté, sauf ces impressions de froideur permanente de la part de Kevin à son égard sans savoir pourquoi le jour de ce déménagement. Il était toujours aussi cassant. Le sentiment de Karl restait l'impuissance face à la crainte qu'il arrive quelque chose à sa fille.

* *
*

De son côté, Louise devait rendre visite à cette association de femmes, qui l'avait sollicitée pour défendre leur cause en règle générale, être à leur écoute aussi pour celles qui étaient face à la solitude, et surtout livrées à elles-mêmes. Certaines avaient vécu des histoires sordides au point de risquer leur vie, d'autres avaient décidé de fuir la situation pour éviter le pire et par peur. Une autre s'accrochait à son activité professionnelle pour ne pas perdre de vue son objectif sans sombrer dans la dépression. Une autre se faisait insulter pour rien pour des broutilles, et avait perdu le contrôle de sa vie par manque de confiance en elle. Une autre femme avait tout simplement voulu épargner et préserver ses enfants. Toutes quasiment avaient trouvé refuge dans cette association qui logeait, nourrissait et offrait de l'accompagnement nécessaire pour un soutien moral, pour la recherche d'un nouvel emploi, une nouvelle vie, quoi qu'il en soit à toutes ces femmes qui étaient le plus souvent seules, avec des enfants.

Louise s'y sentait utile, et presque indépendante contrairement aux personnages qu'elle devait incarner dans sa vraie vie d'actrice. D'autres comédiennes telles que Louise, participaient aussi de temps en temps à cette cause, et à offrir à ces femmes une aide financière et psychologique pour les aider à surmonter leur situation très précaire.

Louise était face aux problèmes que rencontraient ces femmes. Cette aide, et donner de son temps faisait partie intégrante voire logique, sur le rôle de son film, *Secret dans la nuit,* et de son bon vouloir.

Sa voix pourrait apporter un plus, non pas médiatiquement, mais de manière plus personnelle, sur le soutien, et la mise en garde générale sur une cause qui pourrait arriver ou être vécue par n'importe qui…

L'une d'entre elles se battait particulièrement pour sa liberté d'indépendance au départ, la reconnaissance de son travail. Au fil du temps, rester avec un être toxique l'avait rendue malade, au point, de faire une grève de la faim pendant un mois. À la suite de la perte de son emploi et donc perte d'une certaine crédibilité professionnelle, celle-ci est devenue invalide et vécut du jour au lendemain dans le désespoir. Cette femme totalement déboussolée était donc venue se réfugier dans cet endroit. En racontant son histoire, cette femme s'est mise à pleurer et n'était pas encore remise de ses chaos.

À l'écoute de ce récit glaçant, Louise eut une lueur de doutes sans réellement y prendre attention. La lueur disparut instantanément… Louise était sous l'emprise sans le savoir, parce que pour elle, sa relation était une chance. Elle était amoureuse et rien n'allait entacher l'amour qu'elle portait pour Kevin qu'elle croyait connaitre…

Louise termina sa journée désorientée et triste pour cette victime de la voir ainsi, et promettant de la revoir dans quelques mois, et la soutenir dans les prochains événements et de sa reconstruction.

L'emprise de Kevin

Kevin était présent à chacun des jours de tournage, situé sur Pacifique Palissade, proche de Santa Monica, rendant l'ambiance de travail malsaine. Même le réalisateur, Max Selden, avait du mal à travailler en sa présence. McGill qui imposait souvent son opinion sur le travail de Louise, interférant dans les discussions entre l'actrice et son réalisateur, alors que son objectif premier était de représenter sa cliente, mais en rien, contrôler le jeu de celle-ci.

— Louise ! fit Kevin d'un ton autoritaire. Il te faut reprendre sur cette prise-là. Tu n'es pas combative dans ce passage à l'acte ni dans ta réplique lorsque ton personnage est supposé abattre son partenaire.

Tantôt trop émotive, tantôt pas assez, Louise perdit toute sa concentration et ne sut plus comment jouer son personnage et elle se dispersait entre le regard du réalisateur et celui de Kevin. Louise se sentait pour la première fois humiliée d'une part par l'autorité de Kevin, d'autre part par ce pouvoir de contrôle qu'avait sur elle, face au reste de l'équipe et surtout remettait en cause le travail du réalisateur agacé lui aussi visiblement. Puis vint le clash.

Max Selden irrité, décida que s'en était suffisant et qu'il devait intervenir.

— Bon, ça va ! lança le réalisateur crispé. Je suis fatigué de travailler dans ces conditions. Qui est le réalisateur ici, Louise ? Ton agent ou moi, dit le cinéaste ?

Louise de son côté, acquiesçait les dires du réalisateur sans dire un mot… Louise était déroutée et ne savait plus quoi dire.

— Je peux comprendre la situation vis-à-vis ton agent Louise, mais il faut que vous sachiez tous les deux, que j'ai des comptes financiers, et des comptes en images à rendre à la production, qui risquerait fort d'interrompre le tournage de ce film, aux vues des circonstances et la mauvaise entente avec vous, monsieur McGill…

— Maintenant, dehors monsieur McGill, dit-il sur le champ. Votre rôle à vous s'en tiendra là sur ce tournage… vous êtes viré. L'accès au plateau vous est désormais interdit.

Kevin prit cette insulte en pleine figure et réagissant instantanément, en mit, un coup de poing en retour, sur la face du cinéaste. Puis, mécontent, partit ensuite du tournage…

Hors de lui, le cinéaste mit un temps à reprendre ses émotions, et le contrôle de la situation, et expliqua à l'actrice les conséquences désastreuses de cette altercation physique qui aura des suites judiciaires, et termina la séance quelques instants plus tard.

* *
*

De retour à Malibu en début de soirée, Louise éreintée voulut en parler à Kevin, pour élucider la situation.

Louise parle la première.

— Je suis sincèrement désolée de ce qui s'est passé aujourd'hui Kevin. Mais on doit évoquer ensemble le clash de ces dernières heures et de cet élan de colère. Qu'est-ce qui t'a pris ?

— Je ne souhaite pas pour ma part, il répliqua sur un ton réprobateur.

— Et bien moi je le souhaite, dit-elle en haussant le ton de sa voix, parce que c'est important et parce je ne comprends pas ta réaction. Et puis tu t'investis trop. Ce réalisateur ne demandait qu'à faire son travail.

— J'ai été mis à la porte comme un vulgaire étranger. Moi ton agent, ton mari ! Il aurait pu me virer autrement. J'ai trouvé ce contrat pour toi Louise, je te le rappelle !

— Max Selden m'a mentionné que si tu revenais sur le tournage, celui-ci sera annulé pour de bon et que cette polémique aura des suites... Et je tiens personnellement, à tenir cet engagement jusqu'au bout. Le mieux est que tu n'interviennes plus du tout sur aucun tournage, ajouta Louise.

— C'est mieux pour moi ou pour toi, Louise ? dit Kevin. Puis il enchaîna.

— J'essaie de te conseiller au mieux, mais ça ne plait pas à tout le monde.

Exaspéré par le fait d'avoir été évincé de la sorte, sans se préoccuper de l'humiliation faite à Louise, celui-ci commença à avoir des desseins précis pour reprendre Louise sous son aile et la posséder.

C'était lui son agent et selon lui c'était à lui seul que Louise devrait obéir. C'est à ce moment précis que Louise commença à avoir des doutes sur le caractère et la personnalité de son mari…

La vie à deux

Les relations entre Louise et Kevin étaient sensibles en dépit des récents événements.

Toutefois, dès que celle-ci tentait d'en savoir plus sur sa vie amoureuse d'avant elle, celui-ci répondait toujours évasivement et changeait de sujet.

Puis, la seconde suivante, Kevin donnait un sentiment de culpabilité et tenait Louise pour responsable, simplement d'avoir posé ces questions sur sa précédente vie. Ces refus de parler du passé préoccupaient Louise de plus en plus, surtout que son père lui avait dit quelques mots au sujet de ce bref échange avec Kevin durant le déménagement.

— Mon père m'a dit que tu avais eu des soucis personnels, veux-tu m'en parler Kevin ? Et quand reverrais-je ta mère ? Je n'ai pas eu l'occasion de lui parler comme je l'aurais voulu au mariage. J'aimerais mieux la connaitre tout comme toi d'ailleurs…

Puis Kevin enchaîne.

— Ma mère a refait sa vie sur le tard. Elle a dû, par la suite de son divorce, faire une formation pour devenir infirmière, plus de vingt ans après. Mais, elle reste très distante de tout, face à ses expériences de vie. Et elle n'a pas non plus eu une vie facile… Moi, j'étais là avec elle et à vivre dans sa nouvelle existence et notre entente n'était pas toujours au rendez-vous, répond Kevin de manière évasive.

— Que lui est-il arrivé ? Parle-moi d'elle, lui demanda Louise.

— Ma mère a tout perdu après le divorce, même si mon père devait verser une pension pour m'élever en ce temps-là. Ma mère a dû repartir à zéro et reprendre ses études, dès que je fus majeur. Il est parti comme ça, en lui coupant les vivres. Ça a été un choc pour elle au départ, puis elle a gagné gain de cause ensuite, après le verdict. Elle a dû partir aller vivre de nouveau chez ses parents avec moi quand j'étais à peine majeur, elle n'avait pas d'autre endroit où aller… Lorsqu'elle eut terminé ses études d'infirmière, elle a décroché un poste à Vancouver et elle est partie vivre là-bas seule, en me laissant vivre ici, avant de rencontrer un autre homme par la suite. J'ai vécu aussi ce sentiment d'abandon. Tu imagines donc ce que pouvait être notre relation. Nous nous parlons de temps en temps certes, sans trop nous voir, vu la distance qui nous sépare, cependant, je prévois me rendre à Vancouver durant l'été prochain pour aller la voir. Tu pourrais m'accompagner, si tu le souhaites.

Louise répondit oui bien sûr, d'un clignement de la tête. — Désolée de cet abandon.

L'attitude et l'humeur de Kevin changèrent d'un seul coup, fiction ou réalité se demandait Louise ?

Puis il réplique la minute suivante : — très bien Louise. Mais rien n'est encore prévu ni encore réellement fixé, mais l'idée d'aller voir ma mère à Vancouver n'est pas exclue, fit-il distant à nouveau. — Nous aurons bien le temps d'y penser conclut-il.

Louise ne comprenait toujours pas la distance de son amoureux à son égard. Elle pensait que peut-être c'était trop douloureux pour lui de revenir sur son enfance, ou de reparler de l'absence de sa mère. Louise se sentait mal à l'aise encore une fois, face à son mari redevenu froid à la seconde. Louise ne dit rien, mais n'en pensa pas moins. Le doute persista, embrassa Kevin sur le front, puis reprit ses occupations.

Kevin avait-il pensé à son attitude de la veille ?

Pas plus tard que le lendemain, celui-ci avait retrouvé sa bonne humeur et avait même pris en charge le rangement de la maison et la confection d'un bon repas. Kevin avait même pris l'initiative de changer une grande partie de la décoration, remisant les effets de Louise quelque part hors de vue, en affichant joyeusement les siens, mais sans consulter Louise.

Rentrant chez elle après sa journée de tournage, l'intéressée fut très déçue de constater ces transformations faites, sans qu'il lui ait demandé son avis alors qu'elle était encore chez elle.

Louise n'arrivait pas à lui faire part de son malaise, manque de communication évident, de son mécontentement, mais apercevait toutefois, sa bonne humeur.

Il en était ainsi. Louise découvrait son mari au fur et à mesure des jours, oscillait entre le Kevin charmeur, tendre, amoureux et celui d'un homme froid et tendu. Vacillant d'une humeur à l'autre sans savoir comment prendre ses caractéristiques ni les comprendre en réalité.

Kevin semblait prendre le contrôle de la vie professionnelle et personnelle de Louise à présent, et se sentait totalement chez lui... S'accaparant de l'environnement de Louise ou en l'éloignant de sa famille sans le démontrer physiquement.

Ce qui est sûr c'est que Kevin maintenait le mystère... Mais pour combien de temps ?

Betty était elle aussi inquiète. Elle avait peu de nouvelles de sa fille unique et lorsque celle-ci réussissait à communiquer avec elle, les discussions étaient brèves et évasives, autant que celles de Kevin.

Louise avait changé et elle souhaitait comprendre ce qui se passait dans la vie de sa fille et surtout mettre en lumière ses doutes et questionnements au sujet de Kevin, qu'elle soupçonnait de responsable.

Dr Horwels

Autant Louise défendait la cause, autant la mère de cette dernière allait prendre des informations pour elle. Betty Godwin contacta une association sur la violence conjugale pour obtenir des éléments avant-coureurs et prendre rendez-vous avec une personne compétente dans ce domaine. Betty obtint un rendez-vous avec le Dr Horwels, une femme médecin spécialisée en violence conjugale. Dr Horwels, qui avait bien entendu les dires de Betty lui répond d'emblée :

— Vos craintes sont fondées, il se pourrait fort bien que votre fille soit sous l'emprise de son conjoint. Est-ce qu'il a eu des actes de violences physiques à l'égard de votre fille chère madame ?

— Non, pas à ce que je sache.

Après que Betty raconte ses craintes, le médecin lui demande depuis quand a-t-elle observé des changements chez sa fille. Et là, Betty lui dit :

— Notre fille a changé depuis qu'elle a reçu un prix, et ce depuis ce même soir, où la relation entre elle et ce Kevin a été officialisée, je crois, dit-elle incertaine. Mais j'ai vu notre fille changer du tout au tout depuis cette cérémonie des Oscars.

Betty Godwin dévoila les comportements incongrus à leurs égards, en détail, sur le peu qu'elle savait de la relation de sa fille, et des liens trop rapides, trop superficielles peut-être des regains de froideur et permanents de la part de son époux Kevin, qui s'obstinait à garder le silence sur son passé.

Puis, la mère de Louise insista sur l'éloignement qu'il imposait et aussi sur son attitude déplacée survenue le jour de leur mariage.

— Je comprends que pour vous cette situation vous semble inquiétante. Et elle l'est. Mais ici, nous n'avons que votre point de vue. Nous ne pouvons rien faire, tant que votre fille ne signalera pas qu'il y a un problème dans son couple. Par contre, je vous conseille de garder un œil sur elle. Vous pouvez éventuellement lui demander si elle va bien, sans l'agresser de questions et au besoin, lui fournir mes coordonnées. Et j'insiste, le moindre geste violent, ou parole négative à l'encontre de votre fille, sera à prendre en grande considération. Et là, vous pourrez alors évoquer le problème avec elle et alors agir en fonction de ce qu'elle vit...

Puis la doctoresse enchaîne.

— Vous savez, le manipulateur et je pense que ce sujet en est un, va chercher à capturer la vulnérabilité de sa proie, abuser de sa confiance, par des comportements qui vont la faire culpabiliser. Par exemple, il la rendra responsable de son comportement à elle, non la sienne, sur des détails futiles.

Aussi il lui fera croire certaines choses sous son influence, ou par ses mots. Le mari de votre fille dominera la situation, ou lui faire croire que c'est par son seul intermédiaire, que votre fille pourra se réaliser. Faites attention, dit Dr Horwels. Voici là les premiers symptômes de la violence conjugale. Et pour conclure la discussion :

— Si du nouveau se produit, revenez me voir et en parler avec elle, ou avec votre époux, monsieur Godwin.

Betty se leva de son fauteuil, et remercia courtoisement Dr Horwels avant de sortir du cabinet, en ayant obtenu une réelle satisfaction de sa part. Cependant, l'élément qu'elle savait quasi-officiel à présent, est que Kevin McGill, le sujet, selon cette psychologue est un manipulateur voire éventuellement, un pervers narcissique.

Karl attendait de son côté impatiemment des nouvelles de la journaliste Peggy Moon à qui il avait laissé un message afin d'évoquer le dernier rendez de Betty auprès de ce psychologue.

Pour le moment, ils ne leur restaient qu'à attendre, ne disposant pas pour le moment le moyen d'agir.

Betty et Karl Godwin se sentaient impuissants face à ce qui se passait. Ce n'était peut-être pas évident pour les autres, mais pour eux, il y avait un problème certain et le fait de ne pouvoir y remédier et aider leur fille, malgré le fait qu'elle ne semblait pas se rendre compte que sa relation avec Kevin était nocive, ou toxique, les rendait tristes et pour l'heure, ils étaient désarçonnés.

Rareté des contrats

Depuis le dernier tournage, il se passait quelque chose d'étrange. Louise n'avait pas reçu de scénario à lire et n'avait pas de contrat pour un nouveau film.

Sans synopsis à lire ces temps-ci et sans s'en être alarmée plus que cela pour le moment, Louise avait repris contact avec ses parents et Olga, mais sans le dire à Kevin, celui occupé au bureau toute la journée.

Bénéficiant de ces moments avec leur fille, Betty et Karl prirent l'occasion pour demander à Louise si tout allait au mieux, si elle était heureuse avec Kevin. Celle-ci, tentait de les réconforter en leur mentionnant que tout était au beau fixe ce qui était faux, mais les parents ne souhaitaient rien entendre ni rien savoir de Kevin.

Olga de son côté, pressentait encore quelque chose qui n'allait pas. Louise paraissait triste et cela se voyait sur son visage.

— Si tu as besoin de me parler Louise, je serai toujours là pour toi, et tes parents aussi, tu le sais, fit-elle.

Louise remercia Olga et ajouta : — oui, je le sais. Je parle peu de Kevin, car je sais que personne ne l'aime. J'essaie néanmoins de vivre au mieux cette situation délicate Olga et elle l'est pour moi aussi.

Donc, comme je ne souhaite pas créer de conflit, je ne dis presque rien ou pas, à son sujet.

Olga accepta le silence de Louise, et gardait toujours et bien sûr, le silence sur le comportement de Kevin à son égard durant leur mariage, pour préserver leur amitié. Olga tenta de détendre un peu l'atmosphère en contrepartie.

Elles se rendraient ensemble, dans une exposition située à Wilshire boulevard, dans la place la plus célèbre de l'époque, à Los Angeles, celle de l'Hôtel l'Ambassadeur dans ce lieu chargé d'histoires. L'endroit avait été l'hôte du premier banquet des Oscars notamment le 16 mai en 1929, et aussi, malheureusement, celui d'avoir vécu au sein même des murs de cet hôtel, l'assassinat de Robert F. Kennedy le 5 juin 1968 où il célébrait sa victoire à la primaire démocrate de l'État et du Dakota du Sud. Les lieux seraient rénovés quelques années plus tard, puis détruits, dans l'objectif de construire une université au nom des Kennedy. Entretemps, les lieux furent également réservés à des locations de salles pour des tournages de films hollywoodiens.

*   *
*

Malgré ces temps difficiles, Louise et Olga, avaient là, une occasion de passer du temps ensemble, en dépit des silences de l'une comme de l'autre…

L'amitié était encore présente, mais plus rien n'était comme avant…

Louise et Olga ne savaient rien de ce qui se passait avec Kevin et un certain mal-être existait et de plus en plus évident. Louise, de son côté devait supporter les mauvaises humeurs de son époux sans les comprendre, et ce juste après leur mariage fraichement fêté, et Olga, du sien, gardait le secret de reconnaitre à juste raison la véritable défaillance de Kevin, et surtout qui ne ressemblait pas aux valeurs de sa meilleure amie.

Que faire ? Garder le silence, être patient? Laisser le temps au temps ? Ou agir ?

Les deux femmes arrivèrent dans le hall des portes, dont l'architecture était restée intacte, et reçurent un accueil exceptionnel d'un homme situé à l'entrée des lieux. On avait reconnu Louise dès son arrivée…

Une personne les dirigea vers le fond du couloir qui mena vers l'exposition de photos en noir et blanc.

Le temps de longer les passages des lieux mythiques, les deux amies passaient leur temps à rire, entre les photos disposées sur les murs comme garder en mémoire quelques clichés des plus grands acteurs et actrices de tous les temps.

Marilyn Monroe la première qui a commencé sa carrière ici, à la *Blue Book Modeling Company,* dans cet ancien hôtel. Puis vint, « Coco n'était autre que le cocotier de l'hôtel L'Ambassadeur, qui a emprunté la première partie de son nom Bongo » dans la comédie *The Mask.*

Poursuivant leur périple, Louise se retourna en regardant vers l'entrée et aperçut une silhouette qui lui apparaissait familière, et qui ressemblait étrangement à celle de son mari. Louise, s'est sentie espionnée et la peur d'être épiée s'empara de tout son être, en une seconde.

Elle se souvint qu'elle n'avait pas dit à Kevin qu'elle voyait Olga cette après-midi-là...

— Tout va bien, Louise ? Que se passe-t-il ? lui demanda Olga.

— Oui ça va. J'ai juste eu un petit malaise. Ça va aller, ajouta-t-elle en respirant profondément.

Louise regarda à nouveau autour d'elle, où elle avait aperçu Kevin et celui-ci avait disparu.

Olga fit de même.

Louise dit :

— Je n'ai rien mangé ce matin, ça doit être pour cela que je ne me sens pas très bien, lui dit-elle dans le but de rassurer son amie et surtout pour tenter elle-même de se convaincre, qu'elle n'avait peut-être qu'une hallucination, même si elle s'était bien restaurée avant de partir.

La vengeance de Kevin

Entre-temps, Kevin passait officiellement la majeure partie de son temps à son bureau, et consommait en vrac et en cachette ses amphétamines de plus en plus fréquemment...

Il avait de nouveaux clients dans son agence de casting, dont un jeune humoriste prometteur. Mais il avait aussi reçu plusieurs scénarios à l'intention de Louise. Des synopsis de films lui étant attribués et attendait d'être lu. Ayant gagné de grands honneurs, celle-ci faisait partie des privilégiés qui recevaient plusieurs propositions par mois. Mais Louise n'était au courant de rien de tout cela. Kevin avait décidé de ne pas les lui remettre...

Par vengeance à l'encontre de Louise d'avoir défendu Max Selden, le cinéaste.

Kevin prit deux amphétamines de trop ce jour-là...

Il réfléchissait le temps que la drogue fasse son effet, pour commettre l'irréparable et cette fois briser la carrière de Louise Godwin.

Il prévoyait de contacter l'un des producteurs des films qui avaient proposé de nouveaux scénarios pouvant convenir à Louise.

Sous l'effet de cette drogue, Kevin jouissait d'anéantir l'actrice, pour des raisons propres et liées à une jalousie certaine en rapport à sa réussite.

Kevin était bel et bien déterminé à détruire la jeune et flamboyante carrière de Louise.

— Bonjour madame.

Je me présente. Agence McGill, et Kevin McGill à l'appareil.

— Bonjour monsieur. Que puis-je faire pour vous ?

— Je souhaiterais parler au producteur, monsieur Stevens, concernant le dernier synopsis reçu, et envoyé à notre agence par vos soins à l'intention de Louise Godwin.

— Oui monsieur McGill. Ne quittez pas…

Un long silence se fit attendre, puis une voix masculine prit la parole.

— Monsieur McGill. J'attends un retour de votre part depuis deux mois concernant Louise Godwin. Qu'en est-il ?

— Je m'occupe toujours des affaires de Louise Godwin, cher monsieur, mais cette dernière ne souhaite plus recevoir aucun scénario de votre part.

— Ah bon McGill ? dit le producteur étonné. Mais vous me l'apprenez cher monsieur. Et pourquoi donc ?

— Vous savez ce que c'est dans le milieu du cinéma. Les caprices de stars, en manque de fiabilité, fragile, instable etc.

Puis il ajoute *le* mensonge définitif.

— Attention, fit McGill. Louise a touché à la drogue. Ça justifie donc, ma dernière présence avec l'un de vos cinéastes, monsieur Max Selden qui m'a viré de votre séance de tournage.

— Et bien cher monsieur McGill, sachez que nous ne travaillons pas avec des drogués. Donc, plus de rôle à Louise Godwin.

— J'ai d'autres acteurs à vous recommander si vous le souhaitez, ajouta Kevin McGill.

— Non ça ira pour cette fois, mais je retiendrai votre nom et merci pour ces informations des plus navrantes.

Et le producteur raccrocha…

Ce même soir, Kevin rentra à la maison de Malibu comme si de rien n'était. Il avait ramené à Louise un cadeau, un joli collier de perles nacrées.

— Y a-t-il quelque chose à fêter ? Merci pour le cadeau, lui dit-elle, arborant un large sourire.

— Rien de particulier ma chérie, mais....

— Ah oui ? Quoi ? l'interrogea-t-elle.

— D'une part, je veux juste que tu saches que je t'aime comme un fou et d'autre part, je viens de recruter un nouveau comédien dans l'agence.

— Fabuleux, et mes félicitations. Qui est-ce ? demande-t-elle.

— Adam Mc Crown. Un jeune artiste et humoriste rempli de talents. Celui-ci est plus célèbre sur les planches, mais maintenant, il veut faire du cinéma.

Si ce nouvel acteur semblait en être une bonne nouvelle pour Kevin et son agence, pour Louise, le manque de travail restait de mauvais augure.

À chaque fois qu'elle parlait de ses inquiétudes à Kevin et qu'elle l'interrogeait aux sujets de nouveaux scénarios la concernant, celui-ci détournait le sujet et la prenait dans ses bras.

Kevin jouait assurément son jeu de manipulation, mais pour combien de temps ?

Louise, quant à elle, nerveuse, ne savait pas comment ni réellement gérer la situation au quotidien. La jeune mariée voyait déjà son mariage se tarir dans une ambiance stressante et particulièrement désagréable. Les jours défilaient sans que la situation ne s'arrange. Les angoisses et la colère de perdre le contrôle de sa carrière et de voir son mariage s'anéantir comme un claquement de doigts était frustrant pour elle. Son amour pour Kevin était toujours présent avec de nombreuses ambiguïtés.

Sur les prochains tournages, sur sa crédibilité auprès de l'équipe de production, du réalisateur, des doutes sur elle-même, sur l'avenir de ses scénarios, ses films. Cette carrière qu'elle aimait tant. Louise ne savait que faire de cette situation. Être actrice, comédienne, danseuse… Rester à la maison, rester femme au foyer était chose impossible pour elle. Son désir d'avoir un enfant était en train de s'anéantir aussi. Dans son esprit elle ne s'imaginait pas gérer la venue d'un petit être dans les conditions actuelles. Et elle se demandait même si Kevin lui disait toute la vérité. S'il ne cachait pas autre chose ? Elle pensait à ses parents qui n'aimaient pas son époux. Elle n'en connaissait pas les raisons. Toutes ces informations défilaient dans sa tête. Louise se promettait d'agir dans les prochaines semaines et de trouver toutes ses réponses…

La confrontation

Après trois semaines d'attente sans aucun scénario, Louise était sérieusement inquiétée. Pourquoi ne recevait-elle pas ou plus de nouvelles propositions ?

Malgré le fait qu'elle n'avait pas obtenu de réponses satisfaisantes les fois précédentes où elle avait interrogé Kevin à ce sujet, cette fois-ci elle insisterait. Il fallait qu'elle sache ce qui se passait et pourquoi elle n'avait toujours pas d'offre. Le moment était venu d'opérer.

— Mais je ne reçois pas de scénarios acceptables. Ce ne sont que les rôles qui ne sont pas pour toi, lui répondit-il agacé par ces questionnements. Tu t'imagines des choses qui ne dépendent pas forcément de moi ni de toi et qui sont hors de contrôle. Je ne peux pas obliger un producteur à t'envoyer un synopsis.

— Mais tu es mon agent, Kevin. Et toi seul est supposé me trouver et de recevoir de nouveaux scénarios. Voilà plus de six mois que j'ai reçu cet Oscar et je n'ai obtenu qu'un seul rôle depuis.

Elle garda le silence quelques instants avant de poursuivre.

— Que fais-tu de tes journées, Kevin ? lui lança-t-elle sur un ton qu'il ne lui connaissait pas.

— Tu es payé pour me trouver des contrats. C'est à toi de chercher, non ?

— Je t'interdis de me parler sur ce ton ! Tu voulais des engagements plus légers, si je me souviens bien et ces temps-ci, il y en a moins. C'est tout !

— Non Kevin, j'ai assidument agi en ton sens Kevin. J'ai aussi appliqué tous tes conseils à la lettre. Ta mémoire te joue des tours !

Il prit un air hautain et méprisant.

— Je n'osais pas t'en parler plus tôt, mais tu ne n'es plus comme avant, Louise. La magie de tes jeux d'actrice n'est plus les mêmes. J'ai parfois l'impression que ton talent n'est plus là non plus. Tu ne te donnes pas assez dans ton travail d'actrice. Depuis que nous vivons ensemble, tu n'écoutes plus mes conseils.

Louise demeura silencieuse un bout de temps.

Puis elle ajouta :

— Mais je ne joue plus du tout, Kevin. Voilà le plus gros problème !

— Déjà dans ton rôle précédent, ce personnage sportif, tu avais changé.

— Mais tu n'as rien vu. Comment peux-tu reconnaitre affirmer ce que tu viens de dire ?

Puis elle se laissa tomber dans un fauteuil. Elle n'en revenait tout simplement pas des propos remplis de mépris à son égard provenant de Kevin, son agent, l'homme avec qui elle vivait.

Il revint vers elle quelques minutes plus tard et s'assit près d'elle. Il était plus calme, plus posé, plus doux. Le Kevin des minutes précédentes n'était plus là. Il avait fait place au Kevin le gentil. Il prit la main de Louise dans la sienne.

— Je t'aime Louise et c'est ce qui compte le plus pour moi. Dès demain je vais contacter les producteurs pour toi. Je suis désolée de te dire de tels propos, mais tu n'écoutes plus mes recommandations, Louise. Peut-être que le manque de scénarios est juste temporaire. De nombreux changements se sont passés. Nous sommes mariés, nous venons de vivre un déménagement, nous devons nous adapter à notre nouvelle vie. Je suis là et tu n'auras plus à t'inquiéter de rien. Ça va aller ma Louise, lui dit-il en la serrant dans ses bras.

Louise se laissait passivement étreindre, mais elle ressentait un étrange sentiment. Comme une forme de répulsion. Il y avait quelque chose de pas clair dans les attitudes de Kevin. Sa confiance en lui, Kevin l'agent, était très ébranlée, et même en Kevin l'amoureux... Il lui mentait ou du moins, il lui cachait encore autre chose. Mais quoi ?

Après l'étreinte, accablée par toutes ces paroles, elle se leva et se rendit dans sa chambre à coucher.

Le lendemain, Louise se réveilla sans Kevin à ses côtés. Il était parti et lui avait laissé un mot.

« Je t'aime, à ce soir », lui avait-il écrit avant de rejoindre son bureau.

Après lecture de ce mot si bref, Louise repensa à cette conversation de la veille, une soirée douloureuse où Kevin lui avait montré deux visages de lui-même.

Louise reprit son souffle et se leva d'un pas déterminé.

Elle prit son téléphone et contacta les productions, mais personne ne répondit au bout du fil…

Les premiers éléments de l'enquête privée

De son côté, Peggy Moon, engagée par Karl Godwin pour faire enquête sur Kevin McGill avait de nouvelles informations à lui fournir.

Celui-ci se rendit à son bureau la rencontrer, accompagné de son épouse, Betty. Betty de son côté, lui mentionnait les dernières déclarations du Dr Horwels, la psychologue, sur les symptômes de Kevin McGill en matière de perversité narcissique.

— Les premiers éléments que j'ai pu obtenir ne sont pas aussi simples. En fait, aucun acte de naissance en son nom n'apparaît. Et l'histoire de Kevin McGill, telle que nous la connaissons, commence seulement depuis une décennie. C'est très étrange. Il y a certainement une raison et j'ai de grands soupçons à l'effet qu'il y a eu une falsification d'identité. Mais je n'en sais pas plus, pour l'instant. Je travaille de ce côté.

— Je suis allée à la rencontre d'acteurs et producteurs de cinéma qu'il a côtoyés. On l'a vu s'associer avec de grandes vedettes du cinéma. En fait, fit Peggy Moon, McGill semble s'afficher avec des stars, sans réellement les connaitre de près, simplement pour se donner une certaine visibilité. Ces clichés, sont publics et visibles sur internet, il n'y a là, que du superficiel. Et ses acteurs dans sa maison de castings sont très peu nombreux. Mais pour vous rassurer, d'autres relations superficielles, et de ce type seront interrogées prochainement y compris tous les clients de son agence.

Aussi, votre fille pourrait nous être très utile. Elle pourrait nous éclairer beaucoup plus. Sans elle, nous ne pourrons pas faire grand-chose.

Je vais, quoi qu'il en soit, poursuivre l'enquête et voir du côté de la mère Kevin si elle l'est vraiment et si on ne trouve pas d'autres éléments étranges qui pourraient nous amener sur une piste sérieuse.

Malgré le peu d'informations obtenues, les Godwin demeuraient confiants, du fait que Peggy allait les aider et poursuivre ses démarches.

Mais Peggy voulait en savoir un peu plus sur Louise. Karl et Betty se plièrent alors à évoquer soigneusement son travail actuel, mais surtout, ils commencèrent à lui parler de son enfance, avec quelques échecs aux examens, de sa ténacité et de sa persévérance à l'école, de tous les efforts qu'elle avait parcourus et réalisés pour arriver jusqu'aux Oscars...

Il fallait alors, remonter dans le temps pour comprendre la magie de leur fille unique...

Depuis l'âge de 7 ans, Louise avait été une bonne écolière, avec raison, mais pas dans toutes les disciplines d'une part par les pressions que certains élèves s'imposaient entre elles durant ces quelques années d'études et d'autre part par la pression et la rigueur imposée par les professeurs.

Sage, tenace, sérieuse et travailleuse, à l'école primaire Louise se passionna pour de nombreuses activités comme la danse classique, à l'âge de 10 ans, et intégra une autre école privée spécialisée dans cette même activité.

L'école en question se situait à Manhattan où se mêlent la danse et la musique durant la scolarité. Dans cette école prestigieuse, il faut fournir de nombreux efforts au quotidien. Pendant le cours de danse d'une heure et demie, on apprend à maîtriser le corps. Il faut forcer, tirer, allonger. Monter les jambes plus haut, accélérer la vitesse d'exécution et le rebond des entrechats, enchaîner les pas, surveiller la position des bras. Il faut tenir les équilibres, travailler les sauts, les tours, les fouettés, les diagonales de déboulées sans dévier, les manèges de piqués sans avoir le tournis, et tenir avec le souffle jusqu'à la fin de la chorégraphie. Recommencer encore et encore pour acquérir les automatismes et une certaine liberté dans tous ces mouvements.

Dans ce genre d'établissement, on vous traite comme une enfant star. On y apprend l'efficacité, à celui qui résistera sans broncher aux pressions les plus lourdes, que l'on va lui infliger avec autorité. Louise passait des heures de danse classique par jour. Louise se donnait à fond et avait beaucoup de mal à effectuer ses mobilités. Les rythmes elle les savait, mais elle supportait de moins en moins la domination de son professeur et cette éducation très stricte. Qu'il s'agisse d'un élève ou de la méthode offerte de l'enseignant dont la fermeté est, et sera l'outil d'apprentissage, pour atteindre une certaine reconnaissance, et à celui qui devra affronter les coups durs pour atteindre une performance ensuite...

Louise réussit l'examen à 11 ans, puis à 12 ans aussi, mais son nom ne figurait pas sur la liste des lauréates la dernière année à ses 13 ans. Ce fut ce jour-là, comme si le monde s'écroulait. Tous ses efforts, tout son travail anéanti... ! C'était une déception qu'elle n'oublierait jamais... L'impression d'être perdue, abattue ! Une désillusion insupportable à vivre ! Découragement absolu ! Démoralisation à l'extrême ! Le fait aussi de prendre conscience du désappointement de ses parents, qui avait tenu à l'inscrire à une autre présentation pour voir comment elle était capable de danser cette variation de concours. Elle s'était donnée à fond pour interpréter cette chorégraphie. C'est ainsi que dans l'élan du « pas de bourrée jetée » elle était sortie de son enveloppe corporelle l'espace d'une seconde, ce fut pour elle une sensation merveilleuse de légèreté, de bien-être et d'accomplissement...

Louise en souffrait et pourtant de nature optimiste a dû s'améliorer et revoir ses manières de procéder dans son enseignement très dur pour atteindre un certain niveau même très jeune. La fermeté, la rigueur, l'endurance étaient permanentes pour celui ou celle qui devrait atteindre une certaine reconnaissance de ses pairs. Il allait falloir des années d'apprentissage et une décennie complète. La danse classique n'étant pas la meilleure discipline pour elle, une autre serait-elle plus appropriée ? La seule façon d'y remédier avait était de se concentrer sur ses convictions et ses objectifs, et surtout sur ce qu'elle savait mieux faire, la comédie sur commande, et Louise allait s'accrocher dans cette matière…

— Ce que je ne comprends pas c'est qu'elle n'a plus de contrats — poursuivit Betty.

— On se disait qu'après l'Oscar elle n'aurait qu'à choisir parmi les offres de rôles, mais j'ai l'impression qu'elle ne travaille pas même si elle ne nous dit rien. Et j'ai peur que Kevin contribue à ces absences de contrats et il y est pour quelque chose. Au fond de moi, je ne veux pas avoir raison, mais j'ai vraiment peur que Kevin soit la raison derrière toute cette situation affreuse.

La remise en question

De son côté, Louise faisait de moins en moins confiance à Kevin tant ses changements d'attitudes étaient de plus en plus fréquents...

Un mari et agent qui dit s'occuper d'elle ou qui en fait trop ou pas assez.

Un homme qui s'immisce dans tout ? Est-ce volontaire pourquoi ?

Louise se dit qu'au fond, c'est comme si l'histoire se répétait, deux fois. L'histoire de celle de son film, et celle de sa propre vie, dans des contextes différents, certes, mais pourquoi tant de mystère et de mutisme ?

Des absences de contrat et de scénarios rares.

Pas de boulot. Pas de tournage, un mari qui me fait suivre...

L'actrice était très inquiète.

Plus les jours passaient et plus Louise prenait au sérieux cette situation actuelle qui ne lui convenait plus.

Louise prenait du recul, malgré la célébration récente de leur union où Kevin la laissa seule.

Un autre point qu'elle avait ignoré jusqu'ici, et qui remontait dans sa mémoire comme un torrent d'humiliations.

Cette situation commençait à devenir dramatique et trop répétitive.

Rencontrer l'homme de sa vie serait-il le problème, de sa jeune existence. L'amour était donc si difficile et compliqué à trouver ? — Suis-je victime de ma récente victoire ? De mon talent ? De mon art ? Victime de lui ? Victime de quoi ?

Est-ce que l'animateur de cette récente cérémonie avait donc prédit sans le savoir ces événements? L'Oscar serait-il donc le fameux cadeau empoisonné ?

L'amour était-ce quelque chose qui se choisit et se calcule au premier abord ? Est-ce là le film de ma vie, qui a de nouveau mis sur mon chemin des personnes susceptibles de me rendre heureuse ?

Toutes ces questions se télescopaient dans sa tête et soulevaient de multiples inquiétudes.

Elle se rappela des précédentes recommandations de son père Karl, qui avait insisté durant voici quelques années, sur le fait qu'il n'y aurait pas de place pour le malheur ni une quelconque tristesse au sein de notre famille ? Cette interrogation refaisait surface.

Au départ, Louise était soulagée d'avoir un homme à ses côtés et de vivre un amour intense, mais aujourd'hui, elle se sentait dépitée et trahie. Et surtout, elle le sentait de plus en plus envahissant dans sa vie qu'autre chose. Comme s'il tentait de l'influencer sur tous ces faits et gestes comme celui d'être épiée, depuis chez elle, ou ailleurs comme ce fut peut-être le cas durant cette exposition, à l'hôtel « L'Ambassadeur », ou des hallucinations durant cette parade de photos avec Olga ?

Devrais-je rester avec un homme changeant d'humeur, à chaque discussion ? se demanda-t-elle encore. Où ceci va-t-il me mener, je ne sais plus, pensa-t-elle.

Louise se souvint des instants de charme durant ce voyage dans les îles Hawaïennes, du renouveau dans sa vie au moment où la nomination de ses honneurs publics. Ce baiser en signe de protection face à un ex-petit ami dépourvu de bon sens…

Puis elle se rappelle l'étonnement de ses parents et d'Olga, lors des fiançailles familiales. Les silences, les conflits, et désaccords ensuite, les interrogations de Olga, puis de son père qui disait cette relation trop prématurée. Avait-il raison ? Me suis-je donc engagée trop vite ? Comment et pourquoi n'ai-je rien vu avant ?

Enfin, la venue de Kevin chez elle, car il avait changé la décoration intérieure à son goût sans lui demander son avis. Là aussi en envahissant tout son espace intime. Était-ce là de l'amour, de la jalousie ou simple opportunisme de la part de Kevin ?

Que faisait donc Kevin de ses journées avec ses autres clients ? Y a-t-il une autre relation ?

Louise n'avait aucune réponse à ses doutes…

Est-ce de la possessivité ? Suis-je donc sa propriété ? Est-ce de l'amour de sa part ou de l'acharnement obsessif que celui de vouloir contrôler ma vie ?

Louise se disait qu'en fin de compte, elle ne connaissait pas l'homme avec lequel elle vivait.

Cette période de prise de conscience était pénible pour elle. Elle constatait que sa relation se dirigeait vers un échec.

Elle n'avait envie de rien et resta dans son lit en chemise de nuit, couchée en fœtus et attendant que le temps passe. Elle se rendormit en sanglotant sans avoir eu la force ni le courage d'appeler ses parents ou même Olga.

Louise se recentrait toutefois sur elle-même, à chercher la solution exacte, mais son état physique commençait à se dégrader.

À son retour, Kevin trouvant Louise toujours couchée s'assit tout à côté de Louise.

— Tu ne peux pas demeurer ainsi. Il faut te lever et reprendre ta vie en main. Tu ne vas pas rester dans ton lit toute la journée et toute la soirée.

— Je ne me sens pas bien du tout Kevin. Je suis épuisée. Mais toi, qu'as-tu fait au bureau aujourd'hui ? As-tu contacté les producteurs pour moi ? As-tu essayé de me trouver d'autres scénarios ? l'interrogea-t-elle avec insistance.

— Hey arrête ! Les productions vont me recontacter sous peu. Il faut être patient, voilà tout ! Mais toi, tu es dans ton lit depuis des heures à dormir, qu'as-tu donc fait d'autre de ta journée ?

— Je viens de te dire que je ne me sens pas bien.

— Si tu ne te sens pas bien, c'est que tu es malade. Donc si tu es malade il faut te faire soigner. Je vais téléphoner à un médecin, ajouta-t-il d'un ton pitoyable.

Kevin avait contacté un médecin qui effectuait ses visites médicales à domicile, celui-ci pressé par l'insistance de son interlocuteur, se présenta chez Louise dans l'heure qui suivit.

À son arrivée, Kevin l'accueillit et le dirigea vers leur chambre où Louise s'y trouvait toujours couchée.

— Bonjour madame. Je suis le Dr Habram.

— Bonjour docteur.

— Votre mari m'a téléphoné pour que je vienne rapidement à votre chevet. Que se passe-t-il au juste ? Où avez-vous mal ?

Présent dans la chambre avec Louise et le médecin, Kevin répondit à la place de celle-ci.

— Louise souffre de dépression, docteur.

Agacé, le médecin spécifia qu'il souhaitait que Louise réponde elle-même à ses questions et demanda poliment à Kevin de sortir de la chambre afin d'être seul avec sa patiente et de l'examiner.

Désapprouvant le fait qu'il devait sortir, Kevin se plia tout de même à la consigne du médecin. Cependant il demeura près de la porte, souhaitant capter quelques mots de la conversation entre Louise et le Dr Habram. Mais la porte bien fermée ne lui permit pas d'entendre quoi que ce soit.

Le médecin s'assit près de Louise et sortit quelques instruments médicaux de sa trousse.

— Je vous écoute, lui dit-il de façon bienveillante.

— Je ne suis pas dépressive docteur. Je suis triste. Je n'ai plus de volonté. Voilà tout.

— Expliquez-moi pourquoi vous dites que vous êtes abattue.

— Mon problème docteur, est que je manque d'énergie à la suite d'une annonce qui m'a largement contrariée, dit-elle hésitante.

— Vous pouvez me dire ce qui vous met dans cet état en toute confiance. N'oubliez pas que je suis lié par le secret professionnel.

Lasse, Louise lui répondit :

— Mon insuffisance d'énergie et de sommeil, mon état est dû à certains coups bas que j'ai reçus de mon mari. Celui-là même de l'autre côté de la porte. En plus d'être mon mari, il est mon agent… Je suis inquiète de savoir qui est réellement mon mari.

— Je pense, madame, que vous allez devoir prendre des décisions. Un début de dépression est présent et votre inquiétude est apparente. Ce que je vais faire c'est de ne rien vous prescrire pour le moment, mais vous diriger vers l'un de mes confrères psychologues.

Se levant et rangeant ses instruments, il poursuit.

— Je vous laisse mes coordonnées. Une fois mon confrère consulté, et si votre mal-être persiste n'hésitez pas à me contacter.

— Merci, docteur.

Dr Habram repartit quelques minutes plus tard, saluant poliment Louise et Kevin, toujours demeuré hors de la chambre.

Une fois seul, Kevin revint rejoindre Louise.

— Alors ? Qu'a-t-il dit ? l'interrogea-t-il.

— Il me conseille de prendre rendez-vous chez un psychologue. Il pense que je fais un début de dépression.

— Je le savais ! Je te l'avais dit, ajouta-t-il, d'un ton déplaisant.

Malgré qu'elle détestât ce que Kevin venait de lui lancer verbalement, elle n'avait pas le courage de lui répondre. Elle resta couchée dans son lit et se promettait de contacter ce psychologue dans les prochains jours.

Quelques heures plus tard, un Kevin moins acerbe et contrôlant dans ses mots et ses comportements lui annonça qu'il lui avait préparé à manger.

Louise qui n'avait rien absorbé de la journée, prit son breuvage dans la cuisine, le remercia aimablement, et après, elle retourna seule dans son lit pour réfléchir à tout ce qui se passait.

Louise se sentait délaissée, incomprise et surtout dévalorisée par celui qui se disait être son amoureux.

Il y avait aussi le fait que Kevin demeurait chez elle. Elle voulait lui demander de partir un temps pour qu'elle puisse réfléchir sur leur relation future, mais, comment allait-il réagir si elle lui annonçait cela ?

Elle avait peur de la réaction de Kevin si elle lui demandait de partir. Que se passerait-il au niveau de sa carrière d'actrice ? Kevin était son agent, après tout. Et pour sa vie personnelle ? Qu'en seraient les répercussions ?

Elle hésitait également à parler de ses grandes déceptions à ses parents. De leur avouer son mal-être, ses peurs et toutes ses angoisses.

Louise ne voulait pas les attrister, mais il était peut-être temps d'agir et demander de l'aide.

Les autres révélations

Le lendemain matin, Louise se sentait beaucoup mieux que la veille. Ayant pu se reposer et le seul fait d'avoir pu tout simplement se confier à ce docteur l'avait certainement soulagée. Elle était seule et était prête à agir malgré le mot doux laissé par Kevin sur la table de chevet.

Elle se leva du lit, prit son téléphone, puis le reposa presque instantanément.

— Que faire ? Par où dois-je commencer ? se questionna-t-elle.

Elle opta pour contacter le réalisateur de son dernier film, dans lequel Kevin avait été renvoyé.

— Allo, Max ?

— Oui c'est bien moi.

— C'est Louise Godwin à l'appareil.

— Oui j'avais reconnu ta voix. Que puis-je faire pour toi Louise ?

— Je me permets de te joindre parce que je suis un peu inquiète. Les productions de notre dernier film fait ensemble ne m'ont envoyé aucun synopsis depuis le dernier film. Et je venais prendre des nouvelles par ton intermédiaire.

— Oh, Louise, je suis navré de te l'apprendre, mais je n'ai pas vraiment de bonnes nouvelles.

— Les productions réfléchissent sur le fait de retravailler encore ou non avec toi.

— Ton ancien agent McGill est à l'origine de tout ceci.

Paniquée, Louise lui demanda :

— Mon Dieu Max. Mais dis-moi ce qui passe.

— En premier, ton agent et mari Kevin McGill nous a dit qu'il agissait encore comme ton agent. Mais il a mentionné que tu ne souhaitais plus recevoir de scénario de nous…

Sans attendre de réponse, il poursuit :

— Louise, je vais te poser une question très personnelle.

— Je t'écoute. C'est trop grave.

— As-tu des problèmes, Louise ? Prends-tu des médicaments ou certaines drogues ?

— Non… non ! Je ne prends pas de drogues ! Mais pas du tout, Max. Pourquoi me demandes-tu cela ?

— Louise, il faut alors que tu saches que ton ex-agent ou ton agent présent selon toi fait circuler la rumeur que tu consommes de la drogue. Ceci est extrêmement diffamatoire. Il mentionne et appuie sur ce fait disant que ceci rend ton jeu d'actrice peu fiable, voire instable, justifiant le fait ici qu'il devait être sur le plateau de tournage pour constamment te surveiller.

— Mais Max ! C'est totalement faux !

— Je n'ai pas le droit de te donner plus d'information là-dessus pour le moment.

— Pourquoi Max ?

Max, lui conseilla de voir un avocat...

Après avoir raccrochés, chacun de leur côté, Louise était encore sous le choc, et terriblement attristée par ces dernières révélations.

Elle se recroquevilla un instant et pleura à chaudes larmes pendant quelques minutes...

Une fois remise de ses émotions, Louise téléphona à son père, Karl, pour lui raconter le contenu de l'entretien téléphonique qu'elle vient d'avoir.

Karl répliqua : — Je souhaitais justement te parler. Je réfléchissais sur la manière de te le dire Louise. J'ai voulu te laisser vivre sans te blesser. Mais à présent, il faut que tu saches que quelqu'un est en train d'enquêter sur Kevin à ma demande, et ce depuis le lendemain de ton mariage.

Karl poursuivit.

— Écoute-moi bien maintenant. Mets-le à la porte, Louise. Je m'en vais chez toi. Mais avant je vais contacter mon enquêtrice pour lui donner les informations que tu viens de me raconter.

— Merci papa, fit Louise. Je vais prendre rendez-vous avec un avocat pour me défendre. Et... je t'aime, lui dit-elle très émue avant de raccrocher.

Louise prit à nouveau le combiné du téléphone et contacta un avocat, qui devant l'urgence mentionnée par Louise, lui pria de se rendre à son bureau immédiatement.

Louise se posait une multitude de questions qui restaient sans réponse pour l'instant. Mais sa décision était prise. Partir.

Que va-t-il m'arriver ? Quel est le meilleur moyen de rester calme dans ces circonstances et de quitter Kevin sans trop de dommage à mon sujet ? Jusqu'où pourrait-il aller ? Quelles seront les conséquences de ses actions ? Il n'est pas violent, mais il est capable de dire des saloperies à mon sujet et de briser ma carrière. Que vais-je découvrir encore sur lui ?

Arrivée au bureau l'avocat maître Blowing, qui avait accepté de la rencontrer rapidement.

Louise manifestait de grands signes de nervosité et d'affolements. Elle eut même un malaise quelques instants avant d'entrer dans le sujet de sa rencontre avec maître Blowing.

Après avoir repris ses esprits, Louise raconta son récit à l'avocat.

— Votre conjoint vous a-t-il fait des menaces, madame ?

— Non. Des coups bas, oui.

— Vous a-t-il frappé physiquement ?

— Non, déclare-t-elle encore, mais il diffame sur moi auprès d'autres professionnels du cinéma. C'est déjà beaucoup.

— Êtes-vous mariée, madame Godwin ?

— Oui, maître.

— Toutefois n'ayant commis aucune infraction physique, ni menace, les faits sont mineurs et la police vous dirait que ce genre de choses arrive couramment.

En revanche, on pourra faire quelque chose, si des témoignages viennent s'ajouter à cet entretien officieux. Car il ne vous a pas diffamé publiquement, mais officieusement. Il est trop tôt pour agir. C'est monnaie courante ce genre d'agissements dans le milieu du cinéma.

— Excusez-moi monsieur, mais... monnaie courante ou non, j'ai décidé de me battre. Je me fiche de savoir que cela est monnaie courante, comme vous dites. De plus mon père m'a mentionné qu'il avait engagé quelqu'un pour mener une enquête privée sur mon mari. Et comme je vous ai dit voici quelques minutes, j'ai également appris par un réalisateur qu'il disait que je me droguais. C'est totalement mensonger, diffamatoire et ça peut porter préjudice à mes prochains rôles, si on m'en propose !

— Oui je comprends et je vais faire ce qu'il faut pour vous, madame Godwin. Et ce, dans les plus brefs délais.

Il me faut toutefois des témoignages, des preuves générales pour agir en conséquence chère madame. Sans preuve nous ne pourrons faire grand- chose...

— Qui d'autres est au courant que vos parents et ce réalisateur ? lui demanda-t-il.

— Personne.

— Où habite-t-il ? dit-il.

— Dans ma maison Maître.

— Parfait, dit-il. Est-il toujours chez vous ?

— Oui.

— Vous êtes donc chez vous et la possibilité de le mettre dehors c'est une très bonne nouvelle. Toutefois attention. Il pourrait avoir une réaction imprévisible. Ne restez pas seule, madame.

— Je souhaite le quitter le plus vite possible ! Sans savoir comment, dit Louise.

— Le mieux est de ne pas rentrer chez vous. Ou pas toute seule en tout cas. Appelez-les autorités immédiatement s'il agit sous les coups de la violence, car la police ne pourra rien faire pour vous tant qu'il n'y a pas eu de violence physique ni menace de mort, dit l'homme de loi avant de conclure : n'oubliez pas de changer vos serrures le plus vite possible.

La peur, la colère aussi, et une totale déception pour Louise, en sortant du cabinet.

Elle se rassurait en se disant que Kevin n'était encore au courant de rien. Pas encore, mais qu'elle devrait affronter la situation…

Allait-elle faire changer les serrures ? Partir de chez elle et habiter chez ses parents le temps que tout se règle ?

La réalité atteint-elle la fiction ?

Louise repensa une nouvelle fois à ce que son père lui avait déjà dit au sujet de son engagement trop rapide avec Kevin. Cette surprise qu'il avait manifestée devant la demande en mariage de celui-ci ce fameux soir de repas familial.

Elle réalisait sa naïveté et son aveuglement face à sa relation avec cet homme et surtout, se sentait bien angoissée de ce qui ressortirait de l'investigation menée à la demande de son père, sur cet homme qu'elle connaissait si peu et qu'elle avait marié et qui demeurait chez elle.

Et puis, elle fit retour sur l'histoire de ce contrat qu'elle a signé avec l'agence McGill, tant la responsabilité de gérer sa carrière est incompétente et surtout du bluff et de ses bonnes paroles.

Est-ce là une autre dérision pour échapper aux véritables intentions de son mari ?

Mais la question qui résonnait le plus à son esprit était pourquoi disait-il l'aimer et à la fois tenter de briser sa réputation et sa carrière ?

Louise se sentait manœuvrée, comme une marionnette, en passant pour une droguée pire encore, une incapable, une incompétente, malgré son prix l'Oscar. Kevin ne serait-il pas lui-même un consommateur de drogue pour agir de la sorte ?

Ces mensonges ne sont que trahisons envers Louise. Ces perpétuelles offenses psychosomatiques de la part de Kevin furent aussi fortes que des coups de poings et blessures physiques tel un coup de poignard.

Pourrait-elle considérer tout ceci comme des menaces ? Courait-elle un danger réel ?

Puis elle repensa à cette fougue passionnée entre eux, au départ de leur relation sentimentale. Louise pensa aussi aux bons moments qu'ils ont passé ensemble, les écarts et sauts d'humeur de Kevin, sa vie d'avant cachée.

Louise se sentait coupable d'une certaine manière. Fautive de sa naïveté, de n'avoir rien vu venir ou même ne pas avoir voulu voir les choses telles qu'elles étaient en réalité. Elle devait se réveiller de ce mauvais rêve.

Il fallait qu'elle se trouve un nouvel agent et qu'elle chasse Kevin de sa vie. Elle devait reprendre sa vie en main…

Vérités

Peggy Moon, toujours chargée de l'enquête sur Kevin McGill, contacta le père de Louise afin de lui soumettre des informations importantes.

Betty et Karl étaient soucieux de connaitre le propos de ces nouvelles informations que celle-ci avait à leur fournir.

* *
*

Karl inquiet se questionna sur les derniers éléments et résultats de cette enquête qui visiblement va en leur sens....

D'une part sur les dire de Louise et d'autre part, sur cette demande soudaine de venir au bureau de Peggy Moon.

Une fois sur place, sans attendre, Peggy mentionna illico :

— Il y a un nouveau témoignage, celui d'un acteur qui souhaite garder l'anonymat, et qui ne souhaite ne pas en dire plus. Il a affirmé reconnaitre le conjoint de votre fille, mais il indique que celui-ci avait les cheveux d'une autre couleur. Ce même acteur hésitait vraiment à nous répondre. Mais nous a dit aussi que Kevin, a changé de nom, lequel ? Cet acteur nous dit que Kevin s'appelait Colin Martin à l'époque des faits. Et qu'avant les faits McGill dit Martin fut un artiste lui-même…

En fait, poursuit-elle, et ce dès l'ouverture de sa boîte de casting dans laquelle il a été lui aussi à une autre époque . Il ne souhaite pas revenir sur cette histoire qu'il a gagnée en procès, ne souhaite pas fournir de nom en fonction de cette ancienne procédure, mais que les faits sont arrivés voici un peu plus d'une décennie.

Nous avons toutefois trouvé des documents supplémentaires, et nous savons à présent qui est McGill et surtout qui il a été.

Quant à l'acteur qui vient de nous dévoiler son identité, veut protéger ses intérêts, a simplement conclu la conversation, en disant qu'il ne souhaitait plus entendre parler de cet escroc notoire…

— J'ai donc du nouveau à vous soumettre, Betty et Karl.

— Nous aussi, fit Karl. Louise nous a contactés, les nouvelles ne sont pas bonnes, dit lui, et lui raconte ce que sa fille est en train de vivre…

* *
*

— Je crois que nous avons suffisamment d'éléments pour le coincer et le poursuivre en justice.

— Ce McGill n'a visiblement pas encore de casier judiciaire. Si vous décidez de porter plainte à la police et je vous le conseille fortement, ils l'arrêteront avec toutes ces preuves. Et les voici. Je te les donne Karl.

— Nous, nous pourrions seulement en parler dans le journal, pour la défense de votre fille une fois le procès passé... déclare Peggy Moon. Mais c'est tout ce que nous pourrons faire, car cette investigation est à ta demande Karl. Cependant, la police devrait prendre en charge ce qui suivra avec les éléments que nous vous fournissons bien entendu. Quoi qu'il en soit, nous pensons que ce Kevin McGill alias Colin Martin a encore bien des choses à nous dire...

— Je vous souhaite sincèrement beaucoup de courage à tous. Vous méritez que justice soit rendue, dit Peggy Moon pour conclure.

Après cette rencontre, Karl était persuadé qu'il y avait urgence à retrouver Louise pour lui faire toutes ces révélations récentes.

Il partit sur les chapeaux de roues, en direction de la demeure de Louise sans attendre, il prit ses affaires en vitesse, et partit cette fois à la rescousse de sa fille....

* *
*

Sortant du bureau de l'avocat, Louise savait ce qu'elle devait faire maintenant. Elle rentrerait chez elle, prendrait quelques effets personnels et irait directement chez ses parents pour un certain temps. Mais elle gardait à l'esprit les propos d'avertissement que celui-ci lui avait formulé. « Soyez vigilante, madame Godwin. Faites attention. Vous ne savez pas comment votre conjoint pourrait réagir. »

Louise se sentit en état de panique. Comme si la mise en garde de maître Blowing résonnait dans sa tête lui rappelant quelque chose de bien pire...

Prenait-elle trop un grand risque en retournant chez elle ? Kevin travaillait-il à son bureau ?

Elle était arrivée chez elle. Se dirigeant vers l'entrée de sa demeure, elle retira les clés de son sac à main, puis déverrouilla la porte.

Une surprise l'attendait !

Louise sursauta. Kevin était installé dans le canapé du salon, tout au-devant de la longue table basse où de façon inhabituelle, la statuette de l'Oscar gagné par Louise prônait bien en évidence.

— Je t'attendais, lui dit-il, verre de scotch à la main.

Et après quelques instants silencieux :

— Où étais-tu, Louise ? lança-t-il d'un ton propice au conflit.

Méfiante et apeurée, Louise prit la décision de ne lui dire que ce qui serait nécessaire, c'est-à-dire rien de ce qu'elle avait réellement fait de sa journée, ni de ses découvertes récentes sur lui. Elle opta pour le mensonge bien justifié.

— Je suis allée prendre l'air et voir mes parents. Ça faisait deux jours que je n'étais pas sortie de la maison.

— Pourquoi ne m'as-tu rien dit ?

— Parce que je ne voulais pas te déranger dans ton travail, Kevin. De plus, je ne savais qu'il fallait que je te prévienne si j'avais envie de sortir.

— J'étais inquiet ! Hier soir tu n'allais pas bien et là, tu pars sans rien me dire. J'ai téléphoné plusieurs fois pour prendre de tes nouvelles et il n'y avait pas de réponse. Qu'as-tu fait de ta journée ? l'interrogea-t-il d'un ton possessif.

— Je viens de te le dire.

Louise prit un ton plus doux, tentant de ne pas faire face à un affrontement.

— Je vais mieux Kevin, et puis j'ai appliqué ce que tu m'as dit à la lettre aujourd'hui justement. Celui de me reprendre en main par exemple.

— Ah ! C'est bien. Il se racla la voix et prit un air hautain.

— Justement en parlant de reprendre ta vie en main Louise, j'ai reçu un appel pour toi au bureau. Celui des productions de ton dernier film.

— Et puis ? Que t'ont-ils dit ? lui demanda-t-elle, intéressée.

— Ils m'ont dit qu'ils vont t'envoyer prochainement de nouveaux scénarios.

— C'est effectivement une bonne nouvelle, ajouta Louise d'un ton distant, pensant en même temps à la conversation téléphonique qu'elle avait eue avec Max et sentant les productions derrière elle.

— Mais toi Kevin, que fais-tu de tes après- midi à ton bureau ? Que fais-tu avec un verre de scotch à la main à cette heure précise de la journée et mon prix sur cette table basse ? Pourquoi mon prix est-il sur cette table Kevin ? répète-t-elle. Aussi pourquoi l'avoir changé de place ? Pourquoi me mentir ? Ou ne pas répondre ?

— Que veux-tu donc insinuer ?

— Rien de plus, Kevin. Je te pose des questions. Je veux des réponses.

— Je m'inquiétais pour toi, c'est tout. Je t'ai dit ces choses sans vouloir te blesser. C'était seulement pour te secouer un peu.

— Me secouer, moi ? Mais c'est toi que je paie pour obtenir des contrats Kevin.

Puis il lança sur un ton de reproche et en écartant le sujet.

— Mais que se passe-t-il, bon sang ? Tu as changé, Louise ! Tu n'es plus la même femme que j'ai rencontrée voilà plusieurs mois. Je t'aime Louise, mais admets que tu as changé. Admets-le !

— Ah oui ? Et tu m'aimes comment ? En allant dire aux autres que je suis une droguée ?

— Qui a dit cela ?

— Peu importe qui, Kevin. Je n'ai plus de travail depuis des mois, ça, c'est une réalité.

Elle prit une profonde inspiration avant de poursuivre.

— Je te demande de partir de chez-moi immédiatement. Pour moi, c'est fini entre nous. Je n'ai plus confiance en toi.

— Quoi ? dit-il, inquiet. As-tu vu le psychologue, Louise ? Non parce là maintenant, c'est du délire.

— Je n'ai pas besoin de psychologue, Kevin. Mon vrai problème, c'est toi. Je souhaite que tu partes. Je ne suis plus amoureuse de toi et je ne veux plus que tu sois mon agent.

— Tu veux donc me mettre dehors sans me donner d'explication sur ces histoires de drogues à ton sujet Louise ? lui dit-il d'un ton menaçant. Et concernant ton travail, je viens de te dire que d'autres scénarios arriveront prochainement.

— Je ne te crois plus. Tes compétences en tant qu'agent sont insuffisantes pour moi parce que c'est moi qui ai contacté les productions. Pas toi.

— Ah oui ? Mais tu es devenue folle, Louise. Tu es en train de te griller tout seule, dit-il en lui riant au nez.

Puis il poursuit sur sa lancée.

— Tu veux savoir, je ne suis pas responsable de ta déchéance et de ton manque de professionnalisme vis-à-vis des productions hollywoodiennes ni ce que racontent les gens sur toi.

— Folle moi ? L'avenir nous le dira, Kevin. Sors de chez moi et oublie les scénarios ! Oublie-moi !

Le visage rougi par la colère, Kevin se leva immédiatement et prit l'Oscar situé sur la table, comme si ce prix lui appartenait, et comme s'il avait prévu son geste…

— Je ne partirais pas d'ici tant que tu ne m'auras pas dit qui t'a raconté ces mensonges.

— Rends-moi mon prix d'abord ! Lui ordonna Louise.

— Non ! C'est grâce à moi que tu as gagné cet Oscar, grâce à moi aussi que tu as obtenu tous ces rôles ! Je t'ai soutenu sur chaque tournage en te guidant sur ce que tu ne savais pas faire. Et là tu me demandes de partir ?

— Et tu as été, je crois, largement rémunéré pour ton travail cependant, insatisfaisant. Mais qui es-tu Kevin ? Vraiment ?

— Je suis ton mari, agent et anciennement malheureux dé-nominé aux Oscars, à la différence de toi, on ne me l'a jamais donné ! Je suis donc devenu agent depuis pour remplir ma cause... Et me venger à travers toi ou à travers cette statuette dorée.

— Pas un seul instant tu as mentionné le mot aimer Kevin, dit-elle.

— J'ai tout fait Louise pour toi. Tes contrats je les ai tous signés à mon nom, pour toi, pour t'éviter les inconvénients administratifs... C'est de l'amour ça non ? Nous sommes quoi qu'il en soit, liés et unis par le mariage. Je ne me laisserai pas me faire berner par toi. Réfléchis bien avant de faire quoi que ce soit. Pense-bien ! Si tu bafoues mon agence, je dirai qui est véritablement Louise Godwin !

— Ah ! Nous y voilà ! Des menaces à présent ! Mais je crois que c'est déjà fait. N'est-ce pas ?

— L'Oscar n'aurait jamais dû te revenir. Il est à moi ! Un Oscar perdu, que je retrouve enfin.

Puis Kevin debout, se rapproche de Louise. Il prit l'Oscar dans une de ses mains, puis la menace à nouveau. Il place son prix sur sa poitrine, en appuyant fortement sur son thorax. Tu vas me le payer Louise.

— Va-t'en, réplique-t-elle.

— Tu me demandes de partir Louise ? Mais si je sors, ta vie va devenir un véritable enfer !

Devenant de plus en plus hors de contrôle, celui-ci continuait à frapper avec la statuette sur son poitrail jusqu'à ce qu'elle perde l'équilibre. Louise avait peur, du coup de trop. Le coup qui allait la tuer. Elle se souvenait de son précédent film *Secret dans la nuit*. Cette fois c'est comme si la fiction rejoignait la réalité...

Le souvenir de cette cérémonie, où l'animateur de la soirée avait mentionné le cadeau empoisonné, que pouvait être cette statuette. Le drame de sa jeune vie.

— Tu ne la mérites pas ! dit-il. C'est à moi, à moi seul que cette statuette aurait dû revenir ! Pas à toi ! poursuit-il. Pas à une actrice sans talent telle que toi ! C'est moi qui t'ai donné tout ce que tu possèdes. Sans moi tu n'es rien. Rien ! Tu entends ?

Craintive et en pleure, devant une si grande manifestation de colère, Louise, reculait malgré la statuette sur elle, et lui s'accrochait encore.... Elle ne trouvait plus les mots pour lui répondre, Louise pleurait de toutes ses forces — en se disant que Kevin était devenu fou...

— Que veux-tu Kevin ?

Je veux me venger du mal que tu m'as fait et si je pars je partirai avec ce prix, qui m'appartient.

Elle sentait bien que quelque chose de grave pouvait se produire. Kevin, était-il capable du pire, mais Louise essayait de garder son calme.

— Cette statuette est une *joke* pour les professionnels du film, fit-il en s'esclaffant.

— Tu es une blague Louise Godwin. Tu es l'erreur de ce prix, l'erreur du septième art, et de cette énième cérémonie...

* *
*

Pendant ce temps-là, Karl avait pris la décision d'alerter les policiers sur son téléphone portable, pendant le trajet, avant de se rendre chez sa fille.

Une fois arrivé sur les lieux, Karl, se présenta devant l'entrée de la maison de Louise. Il avait fait vite, mais la police n'était toujours pas là, et il avait un mauvais pressentiment.

Il appuya sur la sonnette de la porte d'entrée qui résonna intensément.

Une voix se fit entendre de derrière la porte.

— Louise ! C'est moi ton père. Ouvre-moi !

Puis il mit son oreille contre la porte pour entendre ce qui se passe.

Celui-ci même entendait quelque chose se briser dans l'appartement, mais aucun son de la voix de Louise ne retentissait.

— Ouvre, cria Karl à nouveau. La police va arriver ma chérie, et va-t'en de cette maison salaud ! fit Karl.

Karl sonne à répétition.

— Je sais que tu es là !

— Ouvre-moi Louise.

Il entend tout à coup un autre bruit, un second objet qui éclate à nouveau. Là il panique !

Son urgence d'ouvrir la porte en attendant les secours. Il frappe, frappe. Tente de la forcer ! Sans y arriver seul.

Surpris presque sur le fait, Kevin partit en laissant Louise dans le salon, fuyant par la porte-fenêtre de la pièce, l'Oscar avec lui…

La police arriva une minute plus tard, défonça la porte d'entrée et trouva Louise au sol. Des coups visibles avaient été portés sur plusieurs parties de corps, dont le cou. Louise était malgré cela, inconsciente, mais... toujours vivante…

* *
*

Louise déposa une plainte contre son mari et agent Kevin McGill qui avait été arrêté pour les faits commis.

Elle s'en sortit avec quelques dommages, mais s'en tira, malgré le personnage toxique qu'elle avait dû supporter pendant plus d'une année, un personnage qu'elle avait aimé à l'aveugle, ensuite abominé.

Le temps ferait le reste, en raison de sa reconstruction…

Par naïveté, par son manque de discernement aussi, par amour, Louise s'était laissée emporter dans l'abîme de la manipulation. Elle avait vécu le film de sa propre vie. Le film d'une actrice qui aurait pu être aussi celui de toutes les femmes qui réussissent dans leur métier respectif, par leur indépendance, celles qui ont une carrière plus visible que celle de leur époux. La jalousie peut faire des ravages, avec pour seule raison, le prestige, ou un simple trophée.... L'histoire d'un perdant, ou celle d'un *looser,* d'un agent, de qui ?

La confiance aussi que l'on accorde à quelqu'un que l'on connait peu ou pas. Les mensonges. Le rêve est-il une illusion d'un mirage qui peut mener loin et nulle part à la fois ? Serait-il une quête du chemin parcouru, faites de grands efforts pour être anéantie ou abolie en un claquement de doigts ? Ou à l'inverse, s'accomplir le temps d'une soirée ? Le temps d'un film ? Le temps d'une cérémonie cinématographique ?

Louise avait vécu son histoire avec trop de naïveté et à la fois pleine de passion dans le début de la relation. Louise ne demandait qu'à aimer et à être aimée, même pourquoi et comment avait-elle été attirée par ce personnage fabulateur ? Louise n'en avait pas la véritable réponse. Pour elle, cet amour avait eu un prix. Celui de sa victoire. Celui de gagner, et de perdre sa raison d'être ?

L'amour avait simplement pour elle le regard enjoué d'une enfant, ou celui d'une personne qui a bien voulu vivre cette face cachée d'une certaine réalité !

Épilogue

Après une longue absence, à Los Angeles à l'hôtel Beverly Hills, Louise Godwin fit un retour médiatique pour présenter son dernier film, *L'athlète,* finalement réalisé par les productions et Max Selden, son cinéaste d'alors. Dans cette conférence de presse se trouvaient sur la scène les deux principaux personnages, le réalisateur et les producteurs du film. Une conférence de presse où étaient présents Karl, Betty et Olga et une vingtaine de journalistes invités.

Au micro, Louise présentait et remerciait la production hollywoodienne qui lui avait alloué ce personnage.

Elle remerciait aussi son partenaire jouant le rôle de son père dans ce long métrage de force et touchant à la fois. Ce dernier film avait une raison d'être autant dans la vie de Louise que celui présenté à l'affiche, tel Karl Godwin l'était pour sa propre fille.

— C'est une complicité rare, déclara-t-elle, et cette complicité peut démontrer la force suite à des moments difficiles où l'aide de vos proches s'avère précieuse.

Louise avait cependant décidé de ne pas évoquer, ni de répondre à la dramatique mésaventure avec son agent et ex-époux, Kevin McGill.

Elle ne voulait pas être une victime à vie. Louise avait gardé le silence à cette éventuelle adversité sur son propre avenir en tant qu'actrice. Elle avait cependant perdu toute son insouciance, et ce à tout jamais, mais elle était libre. Elle avait aussi perdu une partie de sa jeunesse en murissant trop vite.

Ce qui la rassurait, c'est d'avoir pu compter sur ce pilier qu'est sa famille, et ses quelques amis, qui l'avaient aidé à se reconstruire sans aucun reproche, trop heureux de retrouver Louise.

FIN

Remerciements :

Remerciements à Olivier Wright, à Bastien Kossek, Claude-Pierre Bloch, à mes deux Parents, à Anne-Marie Périer-Sardou, à Romain mon frère, à mes proches amis, à Zéra et Ramzi, Paul Lipinski, et les membres de la communauté juive Los Amigos créée par Laurent Elliot.

Table des matières

ISBN : 978-2-81220-232-2
222, Boulevard Pereire - 75017 Paris
www.ramsay.fr

Réalisation : Ramsay Médias, Romorantin (41)
Imprimé en France par CPI (162742)
Dépôt légal à parution